幽世的药剂师

［日］绀野天龙 —— 著

陈曦 —— 译

[1]

国文出版社
·北京·

◇千本櫻文庫◇

◇前言 PREFACE

　　文库，原本是指收纳书物的仓库和书库，也指收纳书、记事簿以及非日常物品的小箱子。以前者为例，在日本，京滨急行线的"金泽文库站"就是镰仓时代北条氏用来收藏汉书用的，"金泽文库"名称的由来便是如此。日本东京都的世田谷区也有收藏着珍贵汉书的"静嘉堂文库"，后者多被称为"手文库"。

　　江户时代以来，可以放入袖袂的小开本图书在日本逐渐流行起来，被称为"袖珍本"。日本明治三十六年（1903年），富山房发行了小开本的丛书，起名"袖珍名著文库"。随后，明治四十四年（1911年），讲述日本战国时代的猿飞佐助和雾隐才藏系列故事的讲谈社"立川文库"出版发行。讲谈是一种日本民间艺术，指以口语化的方式讲述历史故事的形式。而"立川文库"则是指由讲谈收录成册并集中出版的丛书，据统计，当时刊行量为200册左右。

　　从那时起，文库就脱离了原本的释意，逐渐演变成了现在的类书集丛。"文库"说法借鉴了日本出版界的传统说法。而"千本樱"源自日本奈良县吉野山樱花盛开的奇景，世人皆用"一目千本樱"来形容樱花美景。"千本樱文库"收录的作品皆为日系作品，题材包括推理、悬疑、幻想、青春、文化等类型，恰如千本樱满山盛开的绝景。

现代日本，以"文库"命名刊行的丛书系列有200种以上，所谓"文库本"只不过是统称而已。日本传统的文库本常用的是A6尺寸（148mm×105mm），也叫"A6判"。千本樱文库所有图书的尺寸都在文库本的基础上有所加大，达到148mm×210mm的开本标准。追求还原的同时，力图带给读者更清晰的阅读体验。

20世纪70年代以来，日系推理小说逐步进入中国读者的视野。随着时代的发展，涌现出了各种不同风格的作家，如独具特色的"妖怪型"推理作家京极夏彦、"科幻推理派"代表西泽保彦、"理系推理"作家森博嗣、"以虚构颠倒真实"的城平京等。

受这些新本格派先锋人物的影响，"推理新秀"绀野天龙创作出了世界观独特又重视逻辑的"炼金术师"系列，在打响名号后，继而推出"幽世的药剂师"系列。该系列实现了悬疑、汉方与异世界三大元素的碰撞，是令知念实希人和今村昌弘盛赞的和风幻想作品。在银发少女的带领下，读者将与身为药剂师的主人公共同抵达幽世，在此邂逅清冷巫女、高贵的创世神女、可爱的邻家小妹等一众角色，以仁心会友，共同解决侵扰百姓生活的怪异事件。

千本樱文库编辑部

RENAISSANCE OF LIGHT NOVEL

轻的文艺复兴

　　轻文艺是介于轻小说与纯文学之间的分类，与轻小说一样，轻文艺较多使用配色鲜明浓烈的背景与人物形象的立绘作为封面。而在内容方面，除了汲取轻小说中"剑与魔法""异能""机械"等常见要素以外，还注重构筑人物的世界观，搭建合理的人物关系，使其充分服务于剧情发展，并非只依托"角色力"，因此更加具有逻辑性，作品完成度更高。而与纯文学相比，其天马行空的想象力，更受年轻读者喜欢的角色，以及融入流行文化的余味，都充分诠释了"轻"的概念。"轻文艺"作为类型文学的重要分支，不仅体现着文学的功能性，而且将娱乐性发挥得淋漓尽致。

　　说到轻文艺的起源，离不开轻小说的发展。21世纪初，轻小说曾经涌现出大量内容丰富的杰出作品，读者群体涵盖甚广，题材百花齐放，文学性与娱乐性都非常高，当时堪称轻小说的"黄金时代"。但随着动画市场的商业化运作愈发成熟，轻小说逐渐受到形象商务与媒介联动的影响，"萌文化"与"角色力"逐渐占据主导地位，因此轻小说的受众群体范围在逐渐缩小。近年，轻文艺的涌现也正是适应了读者的需求与时代的改变。

　　"轻的文艺复兴"旨在再现当初轻小说"黄金时代"的繁荣，遴选当下具有代表性的轻文艺作品，其中既有口碑甚好的名作，也有个性鲜明的新作。宛如文艺复兴运动，将曾经辉煌过的流行文化，推荐给这个时代的读者们。

千本樱文库

幽世的药剂师

序言　001

第一章

幽世　007

第二章

骚乱　053

第三章

进展　087

第四章

结束　115

第五章

真相　149

后记　201

登场人物介绍

空洞渊雾珊

大学附属医院"汉方"诊疗科的药剂师。

终日思考"汉方"在现代医疗中该何去何从。突然有一天,他遇见一位银色头发的少女,随后被卷入"幽世"之中,开始探索治疗幽世"流行病"的方法……

空洞渊家代代从事"汉方"医疗,雾珊的祖父和父亲都是"汉方"专家。

御巫绮翠

幽世的巫女,拥有被除邪祟的能力。在拥有相同能力的人之中,绮翠尤为卓异。

看似冷酷,其实温柔善良,只是不善表达而已。

与妹妹一起生活。其先祖曾协助金丝雀将"现世"(现实世界)与"幽世"隔绝。

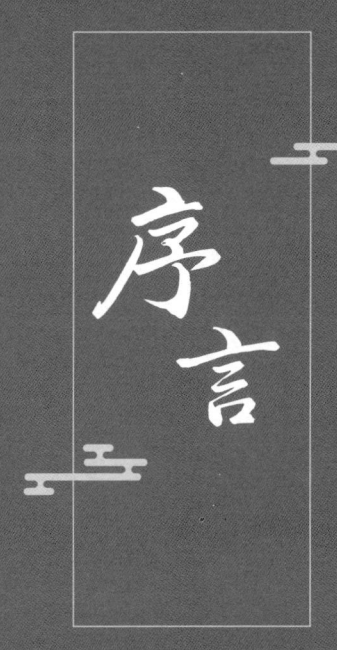

这下可麻烦了——

空洞渊雾瑚快步走在野外的土路上，尽可能保持冷静。

这里是被称作"幽世"的异世界。大概十天前，空洞渊被卷入了这个人类与怪异一同生活的奇妙世界。

对于原本是大学附属医院的"汉方"药剂师、谨小慎微又恪守本分的空洞渊而言，现状犹如晴天霹雳一般。

而且他现在不光要作为药师负责"幽世"的地方医疗，还得解决身边发生的怪异事件——人生真是变幻莫测。

他不禁苦笑一声，随即立刻转换思绪。

——"吸血鬼症候群"。

也就是当下笼罩"幽世"的怪异事件。

吸血鬼——如今算是各种作品中烂大街的"怪异之王"。这类现代社会无人不知无人不晓、原本应属于童话世界里的怪物，现在却在"幽世"迅速繁衍。

而且——不需要通过吸血这一行为。

这实在有违常识，但的的确确是发生在"这个世界"的真实事件。

更何况还要用现代医学和汉方知识破解、"治疗"……真是奇上加奇，空洞渊也只能苦笑着，感叹命运的作弄。

"怪异"时常附于人体，带来种种苦痛。空洞渊无法坐视不理，于是成了这个国家唯一的药师。他想，那些由现代医学难以应对的"怪异"引起的症状，不论是何原因，或许可以利用汉方判断病症，为患者诊治。

城镇近在眼前。一想到接下来要涉险，空洞渊不禁紧张起来。

"——空洞渊，你怎么了？"

女孩一身红白色巫女的打扮，走在空洞渊的身边，像往常一样面无表情地看着他。

面无表情——不，这么说不对。从他们相遇到现在已经过了好几天，空洞渊注意到这个看似冷淡的女孩其实情感丰富，只是不知道如何表达而已。

她眉眼细长，属于让人印象深刻的"第一眼美女"，体态端正，个头高高的，让人难以靠近。但空洞渊知道，她其实温柔善良，很懂得照顾人。

所以，她现在一定也很担心他——

"我没事。肯定会一切顺利的。"

巫女打扮的女孩——御巫绮翠只是简短地回了一句。"这样。那就好。"她似乎放心了。

空洞渊的理论是完美的，但在这个未知的神秘世界，他的理论究竟能派上多大用场呢？

他心中满是不安，但也只能走一步看一步，能做多少算多少了。

周围渐渐嘈杂，马上就到城镇了。

空洞渊做了一个深呼吸，定了定心。

他想起那个命运之夜。

夜深人静，月色很美——

第一章 幽世

第一章 幽世

1

远处传来阵阵蝉鸣。

空洞渊雾瑚避开透过玻璃窗照进来的阳光,沿着远离窗边的墙壁穿过走廊。走廊里很亮堂,而他的心情却很灰暗。

空洞渊总在想,你们想打造一个明亮、干净的医院形象无所谓,怎么还一根筋地在南边弄了个大窗户?尤其一到夏天,这边热得跟蒸桑拿似的,医院的员工都吐槽这是一条"灼热之路",能离多远就离多远。不过话说回来,来这边的员工本来就没几人。

或许是因为压力大,自己竟发起牢骚来了。他默默叹了口气。

此时的他刚结束每周一次的住院患者座谈会。

其中有位前几天刚做完手术的肝癌患者需要更换药剂方案,一股无力之感像往常一样朝他袭来。

医院的人说,因患者血压升高,故停止服用"汉方"药物。

空洞渊身为药剂师,无权拒绝,但毕竟服用汉方药是必要的,出于职务上的责任,他还是建议医院重新考虑,却被当场否决。

效果难辨的"汉方"药在现代医疗中不被重视,这点他在临床治疗中已经体会颇深,但每每遇到这种情况,心里还是不免失落。

大学毕业后，空洞渊已在医院就职四年，足够认清现实，看开一点了。

他拖着沉重的步伐穿过长长的走廊，回到尽头之处的"汉方"诊疗科室。

"呀，空洞渊，你回来了。"

说话的是一位为人和气、体态良好的中年男人。

"嗯，我回来了。"空洞渊应道。

"看你这样子又受了不少打击吧？"男人无所谓似的苦笑道，"反正早晚会习惯的。"

"我可不想习惯。小宫山医生，您去参加座谈会吧。"

"哈哈，这也算是一种学习嘛。"

中年男人——小宫山开朗地笑着，启动咖啡机。这阵子只要空洞渊从座谈会回来，他就会准备热咖啡和别人送的点心。空洞渊感觉就跟哄小孩似的，心情有些复杂，但他确实也累了，大脑现在急需糖分和咖啡，于是默默地接受了小宫山的热情招待。

等咖啡做好的时间里，空洞渊将座谈会的内容告诉了小宫山。

"木村先生的十全大补汤要停了是吧？好的。"

"您就这么接受了？"空洞渊的语气有些冲，"作为'汉方'诊疗科的医师，您不抗议一下吗？"

"毕竟我也不是主治医生啊。虽说也不是不能抗议，但我可不想被上头盯上，这种时候知难而退才是成熟的做法。"

"但……"

空洞渊不禁着急起来，但立马又恢复了平静。

"……我不觉得这样做是为患者好。癌症手术后喝十全大补汤有利于恢复体力，减轻抗癌剂的副作用，这已经得到充分的证实。他们单方面把这药停了，我还是不能接受。"

"估计他们认为这是导致患者血压升高的原因吧。"

"一日量的甘草在药中的含量微乎其微，患者血液的钾浓度值也正常，患假性醛固酮增多症的可能性很低。"

"哎呀，你先冷静一下。"

小宫山安抚着空洞渊，将满满一杯热咖啡递过去。空洞渊乖乖接过，坐在那张便宜沙发上。

桌上放的点心是小巧的水羊羹，小宫山很喜欢吃。空洞渊也是被分到"汉方"诊疗科之后才发现，咖啡跟水羊羹居然很搭。

"汉方"诊疗科只有汉方医生小宫山和药剂师空洞渊两人。一般来说，诊疗科不会直接配置药剂师，但出于抓中药的需要，配药室的空洞渊无奈独自一人被调到了这里。

只是，受经营改革的影响，曾盛极一时的"汉方"诊疗科如今被赶到医院的角落，自生自灭。这时代连药都是大量消费，而汉方则需要单独为病人配药，赚不了钱。

空洞渊愤愤不平，往嘴里扔了块水羊羹，就着咖啡咽下去了。

小宫山平静地望着空洞渊说："不过，十全大补汤的说明书里也确实写了有致使血压升高的副作用。这么说来，主治医生的判断也没错。"

"……没有错的事不代表一定正确啊，更何况'汉方'的说明书写的都不正规。配有甘草的处方笺里唯独写了假性醛固酮增多症引起血压升高，他们根本没考虑剂量。我从没听过十全大补汤单剂会引发假性醛固酮增多症。"

"我也没听过。不过，即便是以现代医学的标准也无法准确判断三类以上药物间的相互作用。如果将现代医学的正确性和定量性强加到'汉方'身上，那'汉方'也就不是医药品了。还好只是列了几个有代表性的副作用，准许用药了。"

"要是拿药物间的相互作用当幌子，那医生不就不能同时开三种以上的药了？但现实却是与之相反。因为按照经验，这么做不会引发致命的副作用。既然如此，对'汉方'效果的评价不应该更高一些吗？"

"现代人信奉的医学证据，其本质的确只是经验之谈。从这个方面来说，有几千年历史的'汉方'可以说是终极的经验论。我也承认现代人过于轻视'汉方'的历史。但你要明白，这对于法治国家来说是理所当然的。如果将经验论认作医疗，那民间疗法和巫术也可以算作医疗行为了。而因医疗定义模糊导致最终受害的，可不就是无辜的平民百姓吗？现代医疗的第一条件就是，保证安全且有实效。'汉方'不能完全保证，也难怪被现代社会排挤。"

小宫山一番教导完毕,喝了口咖啡润嗓。

"——扯远了。总之说明书上的内容是'绝对'的,毕竟医师只能凭这个判断药剂的功效。医师依法行医,说明书具有法律效力,医师根据说明书判断是否使用该药剂,从法律上来说是绝对正确的。"

"道理我都懂。汉方确实很难,要是按照现代医疗的标准,肯定会有弊病。所以才有我们这些'汉方'的专家啊。我们的存在不就是为了做出说明书以外的判断吗?然而他们连问都不问。我对这一现状感到不满很奇怪吗?"

"不,我觉得你的意见非常正确。"小宫山又喝了一口咖啡,轻声叹了口气,"但这只是一种理想。现实中的人们想法各异,社会是复杂的,就连以治病救人为上的医疗领域也是如此。甚至可以说医疗领域是个巨大的市场,要说没有钱财上的心思,那才不正常。我们首先是社会人,然后才是医疗人员。要是不能圆滑一点,很快就会疲倦,尤其是像你这样一本正经的人。"

小宫山不经意地眯起眼睛,似乎回忆起什么。

"……说起来,空洞渊医生也说过同样的话呢。"

"我爷爷?"

空洞渊医生,指的不是空洞渊雾瑚,而是空洞渊的祖父空洞渊道玄,他同时也是小宫山的师兄。

"空洞渊医生也一直烦恼近代医疗的定位。他经常说医疗和经济应该分开。"

"……啊，他确实会说这种话。"

空洞渊苦笑着。祖父在他眼里不过是个倔老头，但对小宫山来说，是值得尊敬的前辈。

空洞渊家字号"伽蓝堂"，自江户时代就以"汉方"为业，家族代代传承"汉方"知识。只是空洞渊的父亲在他幼时就去世了，所以他是跟着祖父道玄学习"汉方"的。祖父去世后，小宫山好心邀请空洞渊来"汉方"诊疗科，他才得以从事"汉方"方面的工作。所以空洞渊很感谢小宫山，甚至暗自将其看作自己的第二位师父。

只是，道玄这人非常顽固，绝不会扭曲自己的信念，而小宫山却处事圆滑，他们二人在思想本质上有着决定性的分歧，这也是空洞渊感到焦躁的原因之一。

问题不在于哪边正确，而是——心之所向。

道玄生前常说，被医生放弃的人最后要么信教，要么寻求"汉方"的治疗。所以，"汉方"专家绝不能背叛患者。

空洞渊自认为一直遵循祖父的教诲，坚持到现在，但……最近他对自己产生了怀疑。

自己真的是一名无愧于祖父的"汉方"专家吗？

会不会被现代医疗这一无可名状的东西吞噬，看不清本质了呢？况且，自己坚信至今的教诲在现如今这个时代真的还是正确的吗？

空洞渊陷入了迷茫。

"啊，不过——"

小宫山吃了一块水羊羹,平静地微笑着。

"要找到自己的折中点可得费些时间。反过来说,只要花时间就会找到。空洞渊医生一直很关心你,我也是。让你去参加座谈会,也是希望你能多接触不同的意见。你可能觉得烦,但这也算是我的一片苦心吧。"

"我……很感谢您。"

"你还皱着眉呢。"

"我一直这样。"

"就当是吧。"小宫山苦笑一声站起身来,"要想累积经验,没有什么比躬行实践更好了。你的经验还太少,多接触些人,听不同的意见,然后再得出自己的结论——好了,就休息到这儿,回去工作吧。"

空洞渊觉得自己被哄得团团转,不过他原本也没打算反驳。他一口气喝完咖啡,将心底涌出的焦躁全部压了回去。

这次的咖啡似乎比以往要苦。

2

虽然杂务繁多,好在能按时下班。"汉方"诊疗科一直如此,其他配药室的药剂师们经常加班,别提多羡慕空洞渊了。可空洞渊却感到不满,毕竟是因为自己工作少,所以才能准点下班的。

空洞渊是个工作狂,没什么兴趣爱好。

他既不抽烟也不喝酒，更没有恋人。

因为是独居，没有同住的家人，所以即便回家也无事可做。

那还不如工作——他时常这样想，然而现实总是不尽如人意。

空洞渊走出医院，叹了口气，抬头望向天空。

正值八月上旬，刚过下午五点的天空竟有些昏暗。白天明明还是大晴天，现在却蒙上一层厚厚的云。远处的天空传来雷鸣。

眼前的黄昏之景甚至有些骇人。

白天被晒得火热的地面散发出的辐射热带着湿气，糊在身上黏黏的，让人很不舒服。这是要下雷阵雨了吗？空洞渊越来越觉得不爽。

这天空简直就是自己心情的映照啊。他自嘲着，加快了回家的脚步。

空洞渊住的公寓在住宅区的角落，到医院步行要二十分钟。这里算是城内绿化比较好的一带，天气晴朗的时候到处都是一家子出来玩的景象，而现在却是冷冷清清。

这就是被文明荼毒的现代人所特有的，对自然的恐惧吧。

意识到自己的微小，空洞渊觉得心里不舒服。

就在这时，他停了下来。

这条自然公园的步行道是他回家的近道，沿路有一排街灯。

一道摇曳的灯光下——站着一个女孩。

他的视线久久不能挪开。

那是一位可爱到令人惊叹的少女。

是哥特萝莉吗？她穿着华丽，衣服上处处是荷叶边褶皱，全身漆黑，没有其他颜色。这样沉闷的颜色配上华丽的设计，让人感到不安。

身穿漆黑衣服的女孩露出一张雪白的脸，就像是浮于水面上的月亮。

仿佛专门打造的人偶一般雪白的皮肤，一双为容貌添彩的碧绿色大眼睛，小巧的粉嫩嘴唇，立体高挺的鼻梁，这长相不像是日本人，是外国人吗？

盛夏的日本，站在自然公园里的她已经足够吸引人了，而更加夺目的，是她那一头银发。

齐肩的直发在昏暗中如同月光一般散着温柔的光辉，极为罕见的银发让她异常显眼。

异常——没错，异常。

简直脱离现实。

眼前的景象绝无可能让人忘记，但几秒后，空洞渊却只剩下模糊的记忆。这样的感觉很不可思议。

打个比方，就像是做了场白日梦。

"——'幽世的药师'大人，我来迎接您了。"

不经意间耳边响起银铃响动般稚嫩可爱的声音。

银发少女的那双翠绿眼眸紧紧盯着空洞渊。

空洞渊自然不认识这个女孩，他记性不错，确信这是他第一次见到女孩。

"……不好意思，你是不是认错人了？"

周围的气氛充满异样，但空洞渊还是好心提醒了她。

女孩丝毫不理会，反而露出美丽的微笑，向空洞渊伸出手。

"我带您去吧。去'生死由己'……被这个世界厌恶排斥的鬼居住的国度——"

女孩不经意间露出的鲜红的舌头，是她这副非人的容貌中最有生气的。空洞渊不觉感到后背发凉。

这是本能的恐惧。他想起曾经在山路上遇到一条大蛇。

站在他面前的乍一看是个惹人怜爱的少女，但他却像在和非人之物对峙。

空洞渊绷紧了身子，胃紧紧地绞结着，喉咙因浅呼吸无法自由吞咽口水。

他冷静地分析自己身体的异常，当察觉到生命面临危险时，不由得往后退。但——不知为何，他的腿就像被缝在了地面上似的动弹不得。

远处的天空传来雷鸣。

不知何时，银发少女来到他面前。近距离观看，他被少女不寻常的美惊到失语。

少女歪歪脑袋，娇柔地将手伸向他的右眼。

空洞渊条件反射地闭上眼。

但他立刻意识到不该在不明所以的人面前闭上眼，必须得确认眼下的情况。可就在他慌忙想睁开眼时——天旋地转。

世界颠倒了。

3

空洞渊感觉脑浆都快倒出来了，不适感害得他跪倒在地。

本以为膝盖要磕到混凝土上，但却是一片柔软的土地。

奇怪，自己刚刚不是还站在铺装好的步行道上吗？

察觉到异样，空洞渊睁开了双眼。

"……啊？"

他不禁感到疑惑。

这里不是熟悉的自然公园，而是森林之中。

这里不是由人类管理的、处处种着温和的植物的自然公园，而是由不可抗拒的力量所支配，历经几十年甚至几百年形成的真正的森林。

空洞渊心想，自己并没有失去意识，应该是被那位银发少女施了什么药，沉睡的时候被带到这片森林里来了。

这个假设多少有些不现实，但也只能这么解释眼前发生的一切了。

空洞渊掏出手机。手机上显示的时间跟刚才没差多少，但不一定可信。他打开地图软件，想确认自己所在的位置，但手机没信号，用不了，连最关键的GPS都没信号。

"……这下惨了。"

空洞渊将这没用的文明利器关机，收了起来，然后再次观察四周。

月光是唯一的光源，郁郁葱葱的树木有一种庄严之感。自己从何而来，又该往何处去？

他完全没有头绪。

这样的状况简直可以算得上是遇险了。

四周散发着寒气，完全不像是夏天，空洞渊身上还穿着短袖，有些受不住。

但最重要的是——

"……"

这片森林很怪异。

他找不到合适的语言来表达，总之很不自然。

思索片刻，他终于知道了。

这片森林——过于安静。

一般来说，盛夏的森林应该到处能听到虫鸣，但周围鸦雀无声，静得可怕。

与其说是空气中弥漫着紧张的气氛，其实更像是昆虫们出于恐惧，不敢发出声息……

这时，空洞渊突然觉得背后一阵寒气袭来，他不由得跌倒了。

空洞渊立刻起身确认四周的情况。

他看到刚才自己站的地方有个奇怪的人影——一个身穿和服的人，上半边脸戴着面具。

这样的人怎么会出现在夜晚的森林里呢？那人双手扶在地面上，缓缓站起身，看向空洞渊。

面具两侧各长了一个角，应该是鬼的形象。这人有一头白发，从体型来看是女性。

突然，白发鬼朝空洞渊袭来。

空洞渊慌忙逃跑，但下一秒就被制服在地。他自知敌不过，不过话说回来，这白发鬼力气大，身手敏捷，一点也不像是身材小巧的女性。

难道——真的是非人之物吗？

被制服在地的空洞渊仰着脸，白发鬼骑在他身上，使得他动弹不得，只能抬头望着天。

天上的满月不自然地亮着，冷冷地注视着空洞渊。

"人类……男人？"

白发鬼突然笑了，露出锋利的犬牙。

鬼一边流口水，一边将脸贴近空洞渊的脖子。

空洞渊感到脖颈一阵湿热，他鸡皮疙瘩都起来了。鬼在舔舐他的颈动脉，像是捕获猎物的悸动，又像是在玩弄弱小猎物时做出的强者姿态。在这可怕又甜美的刺激下，空洞渊本能地唤起对死亡的恐惧。

虽然完全没搞清楚状况，但若是被这鬼夺命也毫无办法。

就在空洞渊放弃挣扎的时候——

"破！"

一道光随着凛然的声音穿过眼前，白发鬼退了回去。这鬼身手敏捷，像只躲避突袭的猫一样。

得救的空洞渊疑惑地看向白发鬼。

鬼的注意力已经不在他身上了。只见鬼龇着牙，双手着地伏着身子，向昏暗的林中望去。

刚才那道光，是什么东西出来了吗？

空洞渊站起身。

鬼先是低吼了一阵，然后便纵身一跃，消失在森林中。

虽然没搞清状况，但空洞渊似乎是得救了。

不知何时，原本安静的森林中传来虫鸣。

空洞渊轻抚胸口，只听耳边传来平静的声音。

"太好了。你没事。"

空洞渊慌忙看过去。

黑暗中现身的是一位白衣红袴的长发女性，美得不可方物。

红与白的强烈对比让空洞渊不由得屏息。这是巫女装扮吗？新年在神社常见。

空洞渊一脸茫然。女孩随意说着话，走近他。

"不过，独自一人在天黑之后进森林等于自杀，被什么东西吃了也怨不得谁。"

"那、那是因为……"

空洞渊一睁眼就在这儿了，他刚想为自己辩解两句，但因为完全不知道发生了什么，所以找不到合适的借口。

现在，此时此刻，他依然不清楚状况。

自己究竟为什么出现在这片不知道是何处的森林里，跟一个巫女打扮的女孩说话呢？

更何况这个女孩不见得没有危险性，说不定她会若无其事地靠近，然后瞅准时机发起攻击。

空洞渊提高警惕，仔细打量起女孩。

女孩身材高大，跟自己差不多。体态美好，气势与让人心绪不宁的明月相比更胜一筹。她渐渐靠近，容貌越来越明晰，能看得出五官姣好。细长的双眸给人冷彻的感觉，让人难以靠近。

女孩的年龄在十五至二十五岁。空洞渊觉得肯定比自己年轻，但其实他也没有信心能猜对女性的年龄。

这样一位巫女装扮的年轻美人突然现身在深夜的森林中，着实把空洞渊吓了一跳，更让他吃惊的是，女孩右手还拿着一把出鞘的刀。原木刀鞘，刀身精巧的日本刀——是小太刀。再怎么说这也是违反枪刀法的……可毕竟自己得救了，也不好说什么。

不管怎么说，眼前这人一定不简单。

不知何时，女孩已经来到空洞渊身边，环视四周确定安全后，她将刀收回刀鞘。

女孩重新打量了一下空洞渊，稍稍睁大眼睛，吃惊地问道："你——难道是'现世人'？"

"现世人？"

听到陌生的词，空洞渊皱了皱眉，不过眼下最要紧的是弄清状况，于是他强行换了个话题。

"那个，不好意思，能不能告诉我，这里究竟是什么地方？这么说或许你不信，但我是被人带到这里的……"

"——被带过来的？被谁？"

"这个……被一位不认识的女孩。"

"——把你这么个大男人带过来？"

"是……是的。"

冷静思考一下，确实够丢人的。

空洞渊不再说话。女孩也没多问，只是叹了口气："要是这样那也没办法。偶尔呢，会有像你这样来到这儿的不幸之人。"

女孩顿了一下，盯着空洞渊说道："这里是——幽世。不被现世接受之物所抵达的乌托邦。你可以理解为是阳间和阴间的缝隙之地。"

"……哦。"

空洞渊原本就不相信什么死后的世界，就算听她这么解释也没能理解。不过，女孩也不像是在骗他，理解的问题先放一边，接着说吧。

"我想问一下，怎样才能回去呢？"

"这个嘛……不知道。"女孩面无表情地说道，"只能找把你带到这里来的人，求她放你回原来的世界。你加油吧，别曝尸荒野。不过，她或许……不，没什么。我也没理由帮你这个毫无关系的路人。"

女孩一脸不耐烦，上下打量着空洞渊。

这时，她似乎突然注意到什么，皱着眉头说："——等等。我是不是，在哪儿见过你？而且你的'气息'……"

女孩不等空洞渊开口便凑上前去，双手捧着他的脸，近距离盯着他看。

"你难不成右眼……"

"……"

空洞渊没想到女孩会说这样的话，心中惊了一下。

倒不是因为被美女近距离盯着看使得他怦然心动，而是直击灵魂深处的惊讶。至今为止还从没有人这样说过——

"……你叫什么名字？"眼前的女孩问道。

空洞渊几乎脱口而出："空洞渊——雾瑚。"

听了这话，女孩像是明白了什么，她闭上眼。

"——空洞渊。这样啊，原来是你……"

女孩百感交集，低声说道。就像是见到了百年未见的老友。

她犹豫片刻，然后断言："——你应该不是偶然来到幽世的，而是被召唤过来的。详情我也不知道……我先带你去跟这事有关的人那里吧。听她怎么说。"

巫女装扮的女孩自顾自地说着，拉起空洞渊的手就走。空洞渊当然还没同意，但毕竟自己也在状况外，除了相信眼前的女孩跟她走之外，别无选择，也没什么好抱怨的。

只是，空洞渊还有件十分在意的事，于是开了口："那个……"

"怎么了？"女孩没有回头，一边往前走一边跟空洞渊说话。

空洞渊并不擅长隐藏情绪，便开门见山道："如果可以的话，能告诉我你的名字吗？"

听了这话，女孩停下脚步，回过头。

"——不好意思，我忘了说。我叫御巫绮翠。如你所见，我相当于是幽世的巫女。请多关照，空洞渊。"

巫女装扮的女孩绮翠微微一笑。这是空洞渊第一次见到她的微笑，就像险峻的山峰上绽开的一朵花，高洁又美丽。

4

绮翠带他来的，是一间大平房。

这片开阔的土地似乎与郁郁葱葱的森林不相称。而静静伫立于此

的宅邸，便是他们要来的地方。

"这里是创世贤者的宅邸——大鹄庵。"

眼前是一座瓦屋顶的日本住宅，看起来历史久远。宅邸周围是高大的石墙，窥不见里面。要在现代，这样的宅邸多半住着大地主、大臣或者侠士们的老大这类人物。就连平时不为外物所动的空洞渊也不由得震惊了一下。

而在那扇厚重庄严的门前，站着一位打扮奇特的少女。

"——御巫大人，空洞渊大人，我已恭候多时。"

身材小巧的少女还未自报姓名便郑重地低下头。

"馆主大人早已料到二位会来。我是馆主大人的侍女，名叫红叶。请多关照。"

红叶缓缓抬起头，站直了身子。她穿的是以前外国用人的服饰。空洞渊虽然不追逐潮流，但也知道这是"女仆装"。既然她是侍女，那在这座林中宅邸里穿着女仆装也不奇怪。

只是，她的头发是醒目的深红色。空洞渊似乎对此见怪不怪了，他心想，这位少女肯定也不是一般人。

"这边请。"红叶可不管空洞渊心里怎么想，示意他俩进屋。

空洞渊有些不安，小声跟绮翠说："御巫小姐，这……"

"——叫我绮翠就行。"绮翠瞥了一眼空洞渊，"也不用说敬语。难道我看起来比你大吗？"

"……不像。"

027

"我二十岁,你呢?"

"……二十八岁。"

"——比我想的要大些,我还以为更年轻……不管了。我都叫你空洞渊了,你也别客气。"

空洞渊已经习惯别人说他比实际年龄显小了。他觉得自己身上欠缺与年龄相符的气场。

没办法,这些小事就别在意了。空洞渊继续说道:"我们接下来要去见那位什么'贤者'吗?"

"嗯。算是幽世的头面人物。又不会吃了你,不用紧张。"

"但这个时间点我们突然拜访,不会打扰人家吗?"

"这更不必在意了。反正对方早料到了不是吗?倒是你,想问什么就去问吧。光听我解释也不够吧?"

的确,空洞渊对于绮翠刚刚说的"阳间与阴间的缝隙"这个解释不太能接受。

虽然不知道那个什么"贤者"是个怎样的人,但既然是这里的头面人物,那应该能沟通吧。或许能给自己一个合理的解释——空洞渊抱着一丝期待。

走进玄关,他们仅借着红叶手里的烛台穿过走廊,然后,少女突然停下脚步。

面前是一扇精致的和室拉门,看来这个房间就是目的地。

绮翠大大方方地拉开门,空洞渊慌忙紧随其后。

房间非常宽敞,开宴会也不在话下。

而在最里面,坐着一位艳美绝俗、面带微笑的少女。

最抢眼的要数金色。

虽是在昏暗的室内,但她那一头亮泽的金黄色头发依然清晰可见,柔软的发丝鬈曲着垂到地上,光泽像是上等的丝绸,衬得纸灯微弱的光芒更加明亮了。

从金黄色的发瀑中回过神来,空洞渊这才注意到少女的全身。

她身上穿的是比头发更加华丽的和服。外衣五颜六色,蕴含自然美景的意象,极尽奢华,内里层层叠叠,这好像是叫十二单[1]吧。衣服分量十足,让身材娇小的少女显得更有存在感。

随后,空洞渊打量起少女的五官——不禁屏息。

雪白不真实的皮肤,高挺的鼻梁,蓝宝石般深邃的双眸——这副不似日本人的容貌跟空洞渊一小时前遇到的银发少女极为相似。

虽说是极为相似——却有鲜明的对比。

漆黑的礼裙和鲜艳的和服。

银色短发和金色长发。

---

[1] 日本女性传统服饰中最正式的一种,一整套由袴、单、五衣、打衣、表着、唐衣、裳构成,按照不同季节、身份和场合,十二单衣的颜色和花纹有特定的复杂搭配。——译者注

翠绿的眼眸和蓝色的眼眸。

就像是同根而生，但又在中途分裂了一般。

唯一的也是决定性的不同——眼前少女的额头上有第三只眼。

"——恭候光临，主人。"

金发少女的声音有着难以形容的甜美，仿佛身处阴阳两界之间，美得过分危险。

"我是金丝雀。在幽世，人们奉我为贤者。"

空洞渊屏住呼吸。

自从被带到这个什么"幽世"之后，空洞渊已经见识了不少超出常识的东西——但这位自称是金丝雀的少女连他仅存的一点认知都打破了。

跟眼前的少女比起来，被戴鬼面具的女孩攻击也好，在夜晚的森林里遇见手持小太刀、巫女打扮的女孩也好，简直就是极为平常的事情。

这个少女究竟是什么人——

空洞渊思虑过多，大脑已经转不动了。金丝雀平静地微笑着："您先请坐。"

她面前放着两个坐垫。绮翠大大方方地坐上其中一个。

空洞渊不知如何是好，最后还是乖乖坐下了。

红叶悄无声息地出现，为二人端上茶和茶点，然后又悄无声息地离开了。待红叶走后，金丝雀开口道："好了……主人，事发突然，

想必您还一头雾水。我先来说一下关于这个国度的事吧。"

话毕，金丝雀的视线似乎飘向了远方。

"这里是被称作'幽世'的空间——或许解释为'异世界'更好理解。这里在空间上与您居住的世界相隔，完全是另一个世界。这些绮翠都告诉您了吧？"

空洞渊瞥了一眼旁边的绮翠，只见她正若无其事地喝茶。

没办法，空洞渊只好点点头。

"但这个解释并不充分，准确来说，两个世界是相邻的，只是相位稍微发生了偏移。所以，尽管空间上是相隔的，但偶尔会有人或物由于某种原因往来于两个世界。"

"……原来如此。"

一个完全不同的世界与自己生活的世界相邻，作为理科生的空洞渊有些难以相信，但在自己生活的世界，几乎不可能存在的三眼少女现在就在眼前，他也只能接受了。

"也就是说，我是'由于某种原因'不小心闯进这里的吧。"

"感谢您这么快就能理解。"金丝雀嫣然一笑。突然，她严肃地盯着空洞渊说，"但您的情况有些许不同……您来幽世并非偶然，而是注定的。"

"注定？"

"……是的。其实，将您招来这幽世的，是舍妹月咏。我那不像话的妹妹这次给您添麻烦了。非常抱歉。"

金发少女将手抵在地板上,深深垂下头。空洞渊慌忙拦住她:"请抬起头来。能再给我详细讲讲吗?令妹做了什么?"

"——月咏有能在你的世界和幽世自由往来的能力。"

原本一副事不关己的模样,在一旁沉默的绮翠突然开口了。

"刚才我不是说过金丝雀是'创世的贤者'吗?也就是说,幽世是金丝雀从你的世界创造出来的。说得再准确些,金丝雀和我的祖先将幽世从你的世界中剥离了出来。她和我有这样特殊的能力,而与她有血缘关系的月咏也有类似的能力。因为月咏用自己的能力闹出过不少乱子,所以大家称她为'银发愚者'。"

"……原来如此。"

她们说的话越来越难理解了,不过空洞渊立马接受了现状:这种事也是有的。

果然,刚才空洞渊觉得眼前这位金发少女跟那时遇到的银发少女有些相似并非错觉——两人是有血缘关系的。

"那令妹为何将我带到这幽世来呢?"

"这——我不知道。"金丝雀带有歉意地垂下眼眸,"我跟她已经多年未见了,她一直行踪不明。现在似乎正以银月咏的名义在幽世四处作恶……与那孩子相关的事,我也没法顺利观测。"

"……"

这说辞不太自然。金丝雀像是看穿了空洞渊的不解,她平静地笑笑,继续说道:"我按顺序解释吧。首先……您刚刚或许很在意我的

第一章 幽世

事情。如您所见，我并非人类。按照您生活的世界的认知来解释，相当于妖怪吧。您听说过'八百比丘尼'吗？"

八百比丘尼——这词听起来陌生，不过空洞渊似乎在小时候听祖父讲过某个传说。

好像是吃了人鱼肉后长生不老的女人的故事……难道？

"没错，我就是八百比丘尼。如今已有八百多岁了。"

金丝雀从容自若，而空洞渊却惊得说不出话来。

眼前这位看起来不过十几岁的少女其实已有八百岁了，令人难以置信。更何况空洞渊从未听说过八百比丘尼还有第三只眼。

"我额头上的这只眼——"金丝雀轻轻抚了抚额头，"出于某些缘由，这是我后天得到的。多亏有这第三只眼，我获得了神力，才能创造出这个幽世。"

空洞渊曾听过，额头上的眼意味着"开悟"，拥有第三只眼的人能接触到更高层次的意识。

"就是所谓的……千里眼的力量吗？"

"您这么理解也没错。因为这个能力，尽管我身处大鹄庵，却对幽世发生的事了如指掌。但不知是否是血缘的阻碍，只有月咏的动向，我是无法得知的，包括与她相关的事——"

原来如此。这就是即便她有千里眼，也不知道空洞渊被带到幽世的原因啊。

"而且，能有意识地穿梭在两个世界间的，只有月咏。你要想回到自己原先的世界，只能先找到月咏。很不幸……你还是做好在幽世生活一段时间的准备吧。"

绮翠冷不丁的这一句倒是提醒空洞渊了。他本期待着能找到回去的办法，如今看来很困难。至少能跟上司小宫山先生说一声自己暂时休假也好啊……这下没办法了。不过汉方诊疗科本来就是个受冷落的部门，少自己一个人也没什么。

"舍妹犯下的错全部由我承担。我一定尽全力安排好您在幽世的生活，还请您宽赦。"

"那就……麻烦您了。"

空洞渊向金发少女道谢。从水、电、煤气供应齐全的生活一下子被打入这个旧时代的生活中，自己也没法立马就适应。

"接下来我来说明一下在幽世生活需要注意的事项。"

金丝雀淡然地说道。

"想必您也察觉到了……在幽世，妖怪与人共同生活。而人类中也有像绮翠这样拥有异能的人。幽世原本就是为隔离、保护这些不被现世常识所接受的存在而创造出来的。"

空洞渊瞥了一眼绮翠，只见她在若无其事地吃茶点。

"当然，也有很多因各种原因失去容身之处的普通人及其子孙后代在这里生活。普通人反而占多数。出于某种原因闯入这里的原本就是这些人。接下来我要说的话很重要，请您仔细听好——幽世有一条现世中没有的规则，那就是——改变认知。"

"改变……认知？"

"是的。在幽世，人们的认知可改变现实。"

空洞渊没听明白。

"解释起来有些复杂，我举例来跟您说明吧……您知道吸血鬼吗？"

"这个……嗯，当然。"

空洞渊含糊地点点头。连小孩子都知道吸血鬼。这恐怕是世界上最知名的怪异之物了。

吸血鬼，也就是——不死之王。

每晚吸食年轻女孩的鲜血，是极为残忍的怪物。

吸血鬼有强大的力量，且神出鬼没，据说还能变身成蝙蝠在空中飞。

被吸血鬼吸食过的人也会变成吸血鬼，攻击人类。

吸血鬼只是把人当作食物，所以人类视其为仇敌。但同时，吸血鬼也有一些弱点，比如害怕银子弹、阳光、十字架、圣水、大蒜。或许是人们忌惮这个传说中力量强大的怪物，于是随着时代的变迁，渐渐增加了其弱点吧。

"您现在可能已经想到一些吸血鬼的特征了，应该与大多数人印象里的吸血鬼是一样的。这就是普遍认知。"

"普遍认知——也就是大家都这么认为的，对吗？这有什么问题呢？"

"那……假设在某地出现了一个害怕阳光,以吸食人血为乐的活物。您觉得是人类,还是吸血鬼呢?"

"肯定是人类啊。"空洞渊没有丝毫犹豫。"吸血鬼不过是传说,不论特征多像吸血鬼,也不能随意就把这人说成是吸血鬼。"

"是的。这就是现世的常识,也是事实。"少女点点头,"但幽世不一样。假设在某处有人与吸血鬼的特征极为相似,渐渐地,周围的人开始传言'莫非这人是吸血鬼'。这时拥有吸血鬼特征的人还仍是人类,而当传言扩散,有这种认知的人增多,超出特定范围之后,这人就真的成了吸血鬼了。"

"——也就是说,人们的认知改变了现实?"

"正如您所言。"金丝雀莞尔一笑,"在这个例子中,害怕阳光、有吸血嗜好的人,被周围的人强行定义为真正的吸血鬼,同时也赋予其原本没有的、害怕十字架和大蒜的特性。"

如果非要用现代医学解释,这跟安慰剂效应[1]、反安慰剂效应[2]有些类似,都是主观臆想——也就是个人认知造成的生理作用,发生积极作用的是安慰剂效应,反之,发生消极作用的是反安慰剂效应。

这些本来只是个人的认知作用,但有时因接收到外部的信息,如

---

1 指病人虽然获得无效的治疗,但却"预料"或"相信"治疗有效,而让病患症状得到舒缓的现象。——译者注
2 指病人因为接收到语言和非语言的一些负面信息,不相信治疗有效,出现一些新的症状或症状加重。——译者注

"那个药有这样的副作用"等，会导致反安慰剂效应。所以即便是效果非常好的药物，也会出现不被接受的情况。

正因为自己有现代医疗的知识，也就更加无法忽视人们的认知对身体造成的反应。

但就算考虑到这些，金丝雀的话还是令人难以置信的。

"可是，为什么会发生这种莫名其妙的事呢？"

"那是因为所有的怪异之物原来都是由人类的认知引起的。"

绮翠终于按捺不住，加入了话题。

"恐惧之心、好奇心、误解——这些认知偏差的集合体，就是古今中外存在于世的怪异的真正面目。有句老话怎么说？鬼怪露真形，实为枯芒草。原本平平无奇的枯芒草被曲解为怪异之物，这样的认知日积月累，最后就会导致现实发生改变。这就是在你的世界里被称为怪异的东西。"

"……也就是说，怪异之物是人类的想象创造出来的？"

"不愧是主人，这么快就理解了。"金丝雀高兴地微笑着，"吸血鬼就是其中最具代表性的例子，在鼠疫流行的时代，尸体有动静，或是腐烂造成尸体膨胀，就是不死传说的开端。后来被添油加醋，再加上作品的影响，最终形成了现在对吸血鬼的认知。原本只是传说的吸血鬼因为认知的传播变成了现实。这就是吸血鬼诞生的真相。"

"等……等等。那也就是说，吸血鬼是实际存在的？"

空洞渊因常识被颠覆，不免着急起来。而金丝雀却冷静地点点头。

"是的。不过那也是由认知形成的。像我这样长生不老的八百比丘尼不也存在吗？有吸血鬼也没那么奇怪吧？"

眼前就有一个活生生的例子，空洞渊无法反驳。

"只是，这不是由人类变成的，而是从无而生的怪异之物。我与舍妹都是在某天突然诞生的。像我们这样原本就作为怪异而诞生的存在，被称为'根源怪异'。由于人们的认知而使人的属性发生改变的怪异，被称为'感染怪异'，这样的人叫'鬼人'。当然，您生活的现世里已经没有根源怪异了。因为我将这幽世从现世分离出来时，就已经将所有的根源怪异隔离在这边了。"

至此为止的对话全都超出了空洞渊的理解范围，但他还是尽力听了进去。

"……怪异之物是由人们的认知产生的，这我理解了。但我还是不太明白，像您这样从无而生的怪异，和因认知改变现实，在某天突然由人变成的怪异，有什么不同呢？"

"简单来说——"绮翠又开口了，"出现在现世的是根源怪异，出现在幽世的是感染怪异。现世不会出现感染怪异，而幽世也不会出现新的根源怪异。你可以这么理解。"

说完，绮翠又喝起茶来了。

这位巫女的言行看似对世间的一切兴味索然，但又耐心为空洞渊解释，说不定是个体贴的人。

"……绮翠的解释有些简单粗暴，不过大概就是如此。"金丝

雀露出一丝苦笑，"补充一点。怪异的出现原本需要'奇谈模因'这一不可见的信息因子参与，不过我在创造幽世的时候，将所有的奇谈模因跟其他怪异之物一起隔离在这个世界了，所以幽世才会有如此麻烦的规则。与现世相比，这里的世界很小，因此奇谈模因的浓度非常高。出于一点点认知就能改变人的属性这种事，原本不可能发生，但在这里却很常见。"

模因，应该是指可复制的信息因子，在社会学上常存争议。与传递生物体信息的遗传因子相对，模因是传递、复制、升级文化信息的概念，也被称为拟子。

"……原来如此。那如果成了鬼人该怎么办？难道要以非人之物的姿态生活下去吗？"

"不用担心。我就是为此而存在的。"

绮翠微微一笑。金丝雀无奈地将手拂在脸上，轻轻摇头。

"……很抱歉，主人，这孩子一直语焉不详……这种事几乎不可能发生，但如果有亿分之一的概率，您成了鬼人，那也无须担心。幽世有几个像绮翠这样的人，专门被除怪异。他们拥有被除感染怪异、将鬼人变回人的能力，您可以随时找她商量。"

金丝雀挺直身板，再次看向空洞渊。

"——我想说的就是这些，您有什么问题吗？"

"……"

空洞渊现在全部的精力都放在梳理刚刚的话上了，哪还顾得上问问题。

他简单整理了一下刚刚的话：

- 这里是与现实世界相邻的异世界。
- 被称作怪异的非人之物与人共同生存。
- 怪异大致可分为两种，一种是生来就是怪异之物的"根源怪异"，另一种是人在传闻等认知中变成怪异的"感染怪异"。
- "感染怪异"可由绮翠这样拥有特殊能力的人被除。

也就是这些吧。

想着想着，空洞渊突然注意到一件事。

"那我来到幽世时，袭击我的白发鬼也是某种感染怪异吗？"

"是的。"金丝雀赞赏似的点点头，"袭击您的白发鬼正是如今扰乱幽世的吸血鬼——"

"金丝雀。"绮翠打断金发贤者的话，似乎在说不必透露这么多。这让空洞渊觉得有些奇怪。

绮翠淡然地对他说："你不必在意这个。今后我来保护你，你就放心吧。"

"……这样啊？"

虽然不太明白，既然她这么说，空洞渊也只好照做。或许是有什么缘由，自己还是不要深入了解为好。

这件事暂且搁置，最后还有一个让空洞渊很在意的问题。

"听您讲这么多，有件事我还是不明白。"

"是什么呢，主人？"

"您口中的'主人'，究竟是什么意思？"

自从见到金丝雀，这个词一直让空洞渊很在意。

他本以为会在谈话中渐渐了解，但从头听到尾也没有提到这个问题。

至少空洞渊不记得自己什么时候成了这位八百比丘尼的主人。

"啊，失礼了。"金丝雀略显害羞地笑了笑，"您与我曾倾心的一位大人非常相像，下意识就……若您不介意，今后我也想这样称呼……可以吗？"

空洞渊瞬间不知该如何回答。说实话，这个称呼听得他心慌，他并不希望她这么叫。但眼前的金发少女双眸闪烁，自己也说不出过分的话。

空洞渊叹了口气，点点头："……知道了。您随意。"

"谢谢您，主人！"金丝雀的脸红扑扑的，像个妙龄少女。她清了清嗓子，坐端正继续说道，"我也有一个请求。请您唤我'金丝雀'就好，不需要加敬语。"

之前绮翠也这么说过。空洞渊的身边从未有过关系亲密的女性，所以他掌握不好距离。看来只好慢慢适应了……

"我明……不，知道了，金丝雀。今后也拜托了。"

"好的，请您多多关照。"

金丝雀探出身子，握住空洞渊的手。她的手比想象中还要小，而且冰凉。

"——那，既然打过招呼了，我们就先走了。"

绮翠自顾自地站起身，没顾及空洞渊他们。

"走……去哪儿？"

"当然是回家啊。空洞渊，你也要来。"

"啊，我？"

空洞渊睁大眼睛。听了刚才的话，他还以为自己要在这个贤者家里住一段时间呢。

"要在幽世生活，还是离城镇近些好吧。而且，这大鹄庵的'气'太强，普通人没法在这儿生活。你只是气息比较特殊，但身体与常人无异。不过，你若实在想与金丝雀这样的美少女一起生活，我也不阻拦，但我不建议你这么做。"

空洞渊没怎么听明白，不过这里似乎不适合常人居住。他乖乖站起身。

金丝雀看出空洞渊的想法，平静地笑了笑。

"很遗憾要跟主人分开了。希望您能在这个'不容之人的乐园'度过愉快的时光。如果需要帮助，随时找我。"

5

穿过郁郁葱葱的森林,眼前是个热闹非凡的城镇。

空洞渊之前对这里的印象一直是阴暗、危险的,突然看到这么有活力的场面,不由得震惊。

"这里是幽世最大的村镇——极乐街。"

离开贤者居住的大鹄庵,走了已有三十分钟左右,加上他穿的还是难以远行的皮鞋,疲惫感快到极限了,此时,看到这样有活力的地方,在精神上也放松不少。

人来人往的街道上挂着无数个灯笼,照亮了鳞次栉比的餐饮店。每家店都是客满,从四面八方传来人们的笑声。这里就像祭典一样热闹,空洞渊下意识说了一句:"真是个不错的地方。"

"是吗?谢谢。"绮翠淡然说道。

"今天是什么特殊的日子吗?"

"不是什么特殊的日子。最近这里人少了些,不过傍晚之后基本都是这样热闹。我倒觉得有点吵。"

"吵点不是刚好吗?"

空洞渊自己并不是很喜欢热闹的地方,但这条街上烂漫热闹的景象让他觉得很舒服,真是不可思议。尤其自己刚刚经历过很多事,能看到这么悠闲的场面还觉得挺治愈。

"明天我再带你好好逛逛这条街。我肚子也饿了,今天我们先回去吧。"

绮翠快步向前走。看着她挺直的背影,空洞渊急忙紧随其后。

穿过大街,嘈杂声渐渐远去了。眼前浮现出一条壮观的石阶。石阶顶端有个鸟居,在月光下熠熠生辉。

"这里就是御巫神社。后方是住处,跟我来。"

巫女走上台阶,空洞渊跟在她身后问道:"不用参拜吗?"

"没关系,不用在意。"绮翠漫不经心地挥挥手,"这里的神明胸襟豁达,不喜欢铺张。而且现在也没有宫司[1],只是个空有形式的神社而已,你不必紧张。"

这世上真的有没有宫司的神社吗?

"……那都是你一个人在打理吗?"

"不,我跟妹妹一起生活。"绮翠淡淡地说,"今后你也要在这儿住一段时间。我妹妹虽然可爱,但不准你对她有非分之想哦。"

"啊,我……住这儿啊?"

空洞渊还是刚刚得知这一情况。果真如金发贤者所说,这位巫女总是语焉不详。但自己现在连东西南北都分不清,既然人家好意收留,自己还是接受吧。

不过话说回来——空洞渊瞥了一眼身旁的巫女,她的侧颜也美得惊人。空洞渊至今没怎么接触过女性,突然要跟这样的美人生活在一

---

[1] 日本神社中掌管祭祀的职位。——译者注

个屋檐下,他感到些许不安。

空洞渊看着她长长的睫毛出了神,突然,绮翠将头转了过来。

"怎么了?"

"没、没什么。"

空洞渊慌忙挪开视线。总不能说自己是看她美丽的侧颜看得出神了吧。

结束匆忙的一天后再爬这石阶很吃力。好不容易爬了上来,两人穿过鸟居,来到境内。绮翠绕过参道,快步往前走,空洞渊喘着粗气,总算跟上了。此刻,他深感自己平时有多缺乏运动。

两人在没有灯光的路上走了一会儿后,一座古色古香的日式平宅浮现在眼前。

"就是这里。辛苦了,空洞渊。"

简单说了句宽慰的话后,绮翠打开门——

"姐姐你回来了!一直不回,我可担——啊,你带了个男人?!"

突然听见活力十足的尖叫声,空洞渊不知所措。

一位身穿与绮翠同样的巫女装束的少女,此刻正站在玄关处的台阶上。她看起来只有十五六岁,一头齐肩短发,非常可爱。

她长得跟绮翠很像,应该就是绮翠刚刚提到的妹妹吧。跟看起来冷漠的绮翠相比,她的眼睛大大的,眼角稍微下垂,看起来人很好。

"——穗澄,这位是空洞渊,从现世来的客人,近期会暂住在我们家,麻烦你照顾了。我先去洗个澡,剩下的交给你了。"

"虽然没太明白怎么回事……不过我知道了!"

绮翠并没有解释清楚,少女虽茫然,却还是一口应下了。她似乎早已习惯。

绮翠丢下空洞渊,快步向里屋走去,只留下一个背影。空洞渊低下头,重新做了自我介绍。

"——抱歉,这么晚突然到访。我叫空洞渊雾瑚,说实话连我自己也不清楚到底发生了什么……"

"啊,没事!不用在意!"

少女开朗地笑着说道,或许是照顾空洞渊的心情吧。

"肯定是被姐姐硬拽过来的吧。我姐姐她总是我行我素,很强势……没关系!我喜欢照顾人!你就把这儿当自己家吧!啊,我叫御巫穗澄!你叫我穗澄就好!空洞渊先生,我能叫你哥哥吗?"

"啊……嗯。你想怎么叫都行。"

空洞渊渐渐习惯这个世界人际交往的方式了,但他还是对眼前这个亲切的少女感到吃惊。要是在现世,她这种类型的人肯定是班里人气最高的。

在穗澄的招呼下,空洞渊进屋了。虽然房子的外观偏旧,但里面却收拾得非常干净,没有日式房屋特有的冷清,反而有几分温暖舒适。这一定是穗澄喜欢的风格。

他们走进客堂,穗澄端上茶,留下一句"我去收拾房间,你先休息一下"后,便不知行踪了。

空洞渊闲着无聊，于是一边喝茶一边打量客堂。

他看到架子上有个表一样的东西，刚想看看几点，却发现它是看不懂的不定时法[1]计时的，只好放弃。

要思考的事情太多，空洞渊反而发起呆来。这时，通向走廊的门开了。

"空洞渊，久等了。"

是绮翠。她换下了红白色的巫女装，穿着白底蓝纹的清凉浴衣。或许是因为刚洗完澡的缘故，她正拿手拭巾擦汗，脸颊泛着红晕，乌黑的头发润湿的样子有些性感，空洞渊不知道该往哪儿看。

"你发什么呆呢？来这边。"

绮翠说完就出去了，空洞渊赶忙跟上。

穿过主屋，两人来到一个独间小屋。

"这里是澡堂，你知道怎么用吗？"

听绮翠说完，空洞渊往里看了一眼。大小约有两叠[2]，有个圆形澡盆和擦洗身子的地方，是所谓的五右卫门澡盆[3]。

当然，作为现代人的空洞渊从没用过五右卫门澡盆。

"水温可以在里面调节，不过暂时还是由我或穗澄在外面调节好

1　以天亮的开始和日暮的结束为标准将昼夜分别均等分。——译者注
2　两张草席大小。叠是日本的计量单位之一，1叠大概有1.62平方米。——译者注
3　源自安土桃山时代，大盗石川五右卫门被处以釜煮之刑的故事。在灶台上放置锅状铁板，再在铁板上放置桶。——译者注

了。澡盆旁边有另外烧好的热水,你用那个洗身子吧。温度调节可以用那边的水桶。肥皂你用那个吧。"

"嗯,谢谢。我大概知道了。"

"还有……你能抬一下胳膊吗?"

"欸?是、是这样吗?"

面对突如其来的要求,空洞渊一脸疑惑,不过还是平举起胳膊。

绮翠从上到下打量着空洞渊的身体,嘴里念念有词,然后突然从正面抱了上去。

"?!"

空洞渊的心脏跳得飞快。这个巫女到底在干什么?!

透过轻薄的衣服,空洞渊感受到绮翠的体温,还有她起身时隐约飘来的肥皂香味。

空洞渊愣住了。绮翠又咕唧了一句,然后起身离开了。

"穿我父亲的浴衣应该合适。我去拿一下,你洗完澡换上吧。"

看来她是在测量浴衣的尺寸。要是提前跟自己说一声就好了……空洞渊为自己的动摇感到害臊。

"那我走了,你有什么问题随时说。"

绮翠将一块新的手拭巾交给空洞渊,然后走出浴室。应该是去了外面的炉灶那儿吧。

空洞渊迅速脱下衣服,走进浴室,像是在掩饰自己的难为情。

他用热水冲净因徒步森林而弄脏的身体,将澡盆里的圆形踏板踩到底

后，便进去泡澡了。

水温稍微有些热，但很舒服。

"水温刚好。"

空洞渊朝着为了散热气开的小窗喊道。

"是吗？那就好。"绮翠的声音听起来还是很冷淡。

"你不用在意我，好好放松一下吧。今天发生这么多事，肯定很累了吧。"

"谢谢。那就恭敬不如从命了。"

要在平时，空洞渊肯定会客气一下，但奈何泡澡太舒服了。他并不是平日喜欢泡澡的人，但疲惫时，果然还是泡在热水里更加舒服惬意。

好像在《东海道中膝栗毛》[1]中记载有五右卫门泡澡的片段。足可见旅途中泡澡是件多么奢侈的事。

空洞渊一时沉浸在蒙眬的舒适中。

"空洞渊。"

听到外面的声音，空洞渊突然回过神来。

"怎么了？"

"你生活的现世是怎样的地方呢？我曾听金丝雀说过，那是远比

1　十返舍一九的滑稽本。描述江户神田八丁堀的住人栃面屋弥次郎兵卫和食客喜多八经由东海道在前往伊势神宫、京都、大阪的旅途中发生的滑稽笑谈。——译者注

幽世更加发达的地方。"

"是啊。"空洞渊在组织语言，"确实比这里发展得更好，更安全、方便……但我觉得，便利的代价就是失去了很多东西。"

比如，只需一个按钮就能出热水的自动淋浴系统。

街道上驱逐黑暗的灯，还有能随时长距离移动的汽车。

在这个世界感到的所有不便，在空洞渊的世界都能轻易解决。

便捷、安全、干净，一个为人类创造的舒适的世界。

这就是所谓的文明进步。

对便利的追求可以减轻日常生活的压力，但产生的负面影响是——对外来刺激反应迟钝。

以前好不容易做到的事，如今变得轻而易举，乍一看是件好事，但大脑受到的刺激却减少了。长此以往，大脑的刺激越来越少，最终在日常生活中几乎没有了。

人们对日常的一切感到理所当然，感知就会渐渐消失。

没有刺激，大脑就会变迟钝。

在便捷的环境中生活，活着的实感越来越稀薄。

然后——会丢掉重要的东西。

比如，空洞渊现在感觉到的对绮翠的感谢之意。

还有窗外漆黑的夜空中，城市里难得一见的美丽繁星。

空洞渊觉得，来到这个世界经历的各种事，都让他想起了曾经忘记的东西。

"——你这烦恼真奢侈。"

在外面的绮翠似乎在微笑。

"我不觉得现在的生活有什么不方便,不过……如果你有需要帮忙的地方,尽管告诉我。"

"谢谢!不过绮翠,你为什么对我这么亲切呢?"

空洞渊一直不解。她应该没理由帮助一个陌生男人。

绮翠咯咯笑了,似乎有深意。

"你总有一天会知道的。你被带到这里是有'意义'的,我只是遵从了'命运'而已。你不必感恩戴德。我只是自己想这么做罢了。"

"这可不行。你救了我的命,如果有能帮的,我一定尽力。"

空洞渊一直极力避免与人扯上关系,但如今他打破了这个信条,足见对绮翠的感谢之意。她笨拙的温柔让人感到舒畅,他打心底想报答她。

"——你这人可真是一本正经,那等会儿陪我喝一杯吧。穗澄不能喝酒,我也厌倦老是晚上独酌了。你能喝酒吧?"

"……能是能,酒量一般。"

空洞渊平时没有喝酒的习惯,但也不是不能喝。

"那太好了。"绮翠很高兴,"穗澄做的下酒菜可是一绝。"

"——这样啊,那我可以期待一下。"

空洞渊从未有过这样兴奋的感觉。在他的热切期盼中,夜色渐渐深了。

第二章

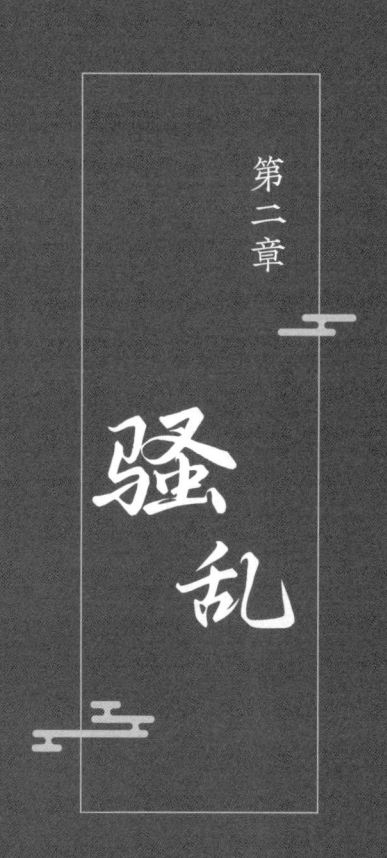

骚乱

第二章 骚乱

1

空洞渊醒了，竟觉得有点头疼。

眼前是陌生的天花板。虽然睡迷糊了，但他立马察觉到这不是自己家。

我在出差吗？空洞渊搜索着相关的记忆——突然，他想起昨晚发生的事，深深地叹了口气。

他扶着沉重的脑袋艰难起身。天已经很亮了。自己究竟睡了多久，现在又是几点呢？

或许因为自己是个被时间束缚的现代人，他突然感到不安。

昨晚泡澡之后的记忆有些模糊，只记得穗澄准备了丰盛的晚餐，还有面不改色喝着清酒的绮翠的侧脸——

总之，现下也不好一直赖床。空洞渊叠好被子放到角落，然后走出房间。

隔扇门外就是檐廊。外面已经日上三竿，明媚的阳光照在地上。这里的季节似乎是和现世连动的。从太阳的方位考虑，现在大概是九点左右。虽不知这边的人生活节奏是怎样的，但至少空洞渊感到自己睡过头了。

想必现在小宫山正疑惑自己为什么还没去上班吧。空洞渊从未无故缺勤，他觉得很抱歉，但事到如今烦恼也没用。

他在心中默默向小宫山道歉，然后转换心情，去了客堂。

"啊，哥哥！早上好！"

穗澄正在客堂悠闲地喝着茶。看着眼前活力十足的少女，空洞渊也不由得笑了。

"早！抱歉啊，睡到了现在。"

"没事，别在意。"穗澄开朗地笑着，"倒是我才应该道歉，让你陪姐姐喝酒。姐姐她是这附近酒量最好的，找不到人陪她。"

空洞渊想起昨晚绮翠喝酒的架势，想必确实如此。要是自己也用同样的速度喝，怕是有几个身体也撑不住。

"你还好吗？身体不舒服吗？"

"谢谢，就是有点头疼。我酒量一般，不过平时不会宿醉。"

"这样啊。"穗澄似乎放心了，"先洗洗脸吧。洗完就清醒啦。"

穗澄带空洞渊去汲水处洗脸。这里的水好像是井水，冰凉舒爽。当得知可以饮用后，空洞渊便用长勺子舀起水桶里的水。喝下的瞬间，沁心的凉意透过身体，很好喝。

他将随身携带的汉方药就水服下。

"那是什么呀？"见空洞渊从兜里取出包装纸，穗澄好奇地问道。

空洞渊喝下药粉，回答道："这是汉方药，叫'五苓散'，对宿醉很有效。"

第二章 骚乱

"哥哥，你对药很熟悉吗？难道你是药师？"

穗澄惊讶地睁大眼睛。空洞渊一时没听懂"药师"这个词，但立马就明白是从事药物工作的人。他点点头。

"嗯，我在原来的世界是制药的哦。"

"这样啊，好厉害好厉害！"穗澄开心地拍拍手，"你早点说就好了！姐姐一定也会高兴的！"

"……高兴？"

为什么自己熟悉药物，绮翠会高兴呢？空洞渊没听明白其中的因果关系，但穗澄似乎也没打算进一步解释，她立马转换了话题："先吃饭吧。我现在就去准备，哥哥，你先去客堂等着。"

空洞渊照她说的去了客堂。其实他想要帮忙的，但穗澄二话不说就拒绝了。空洞渊想，自己身为客人，还是不要过分插手的好，于是便老老实实等着了。

喝了美味可口的水，空洞渊现在也不头疼了。

穗澄准备的早饭是三菜一汤，很丰盛。空洞渊昨天也想过，这座神社的经济状况或许还不错。虽说自己没有吃早饭的习惯，但他还是满怀感激地吃了穗澄准备的饭菜。对于平时不做饭只吃便利店便当的空洞渊而言，这样的饭菜简直是大餐。

"说起来，怎么没见绮翠呢？"

空洞渊吃到一半忽然想起来。

"姐姐一早有工作，已经出门了。"

穗澄坐在炕桌对面,笑眯眯地看空洞渊吃饭。

"姐姐不光是巫女,还是幽世的调停者,很忙哦。"

"调停者?"空洞渊一边咀嚼着腌黄瓜一边问道。

"嗯。为了让人类和怪异友好相处,姐姐可努力了呢。"

"这样啊……好厉害。"

空洞渊深感佩服。绮翠年纪轻轻就担负起了自己的使命,这在空洞渊看来很了不起。自己都快三十岁了,还在为自身的无力感哀叹。

"哥哥,等你吃完饭我们也出门吧。"

"出门?去哪儿呢?"

"我想带你去街上转转,告诉你哪家店好吃。"

"啊,那太好了。"空洞渊点点头,"那就麻烦你了。不过,你也很忙吧?是不是有巫女的工作?"

"巫女的工作也只有打扫神社境内而已。"穗澄开心地笑了,"这时节也没什么参拜的客人,不必在意。我也很想跟哥哥一起去街上转转!"

"那就……麻烦你了。"

"哇!那我要好好打扮一下!"

看着欢呼雀跃的穗澄,空洞渊的心情也跟着好起来。

吃完饭,空洞渊换上穗澄准备好的麻布和服(这应该是外出穿的衣服吧)。他不知道怎么穿,只好请教穗澄。要从头开始教一个比自己大一轮的男人穿和服,这么麻烦的事,穗澄却不觉得,反而很认真

第二章 骚乱

地在指导。多亏了她,空洞渊一个人也会穿和服了。

教完之后,穗澄说自己要去准备一下,然后便离开了。空洞渊呆呆地坐在檐廊上等她。这里虽然日照强烈,但不像现世那样热。风也清爽,吹在身上很舒服。最初,空洞渊以为没有空调的生活会很难受,但现在他惊喜地发现并不会。

"久等啦——"

穗澄从走廊一角探出脸来。

她换下了巫女服,身上穿着一身草绿色的和服,头上戴着百合的饰品,似乎还化了淡妆。

"会、会不会很奇怪啊?"穗澄抬起眼,担心地问道。

"怎么会奇怪呢。"空洞渊笑了笑,"非常好看。"

"真的?太好啦。"穗澄松了一口气,"因为要去逛街,我稍微化了妆。这个香粉最近好像很流行。"

原本以为穗澄是个爱照顾人、稍显成熟的女孩,现在见到她也有这个年纪的孩子该有的一面,空洞渊的心里也变得柔软起来。

"不用担心。你本来就很可爱,一打扮更可爱了。"

"哎呀,你可真会说话。"穗澄心里乐开了花,脸上泛起红晕。她挽起空洞渊的胳膊,"那咱们走吧!这在现世就叫约会是吧!以前金丝雀告诉我的,我一直想试试呢!"

没想到自己人生中的第一次约会居然是在异世界。

空洞渊不禁感慨,世事难料啊!

2

  白天的极乐街有着跟夜晚不同的热闹。

  男女老少人来人往,四处都能听到吆喝声。食物的香味飘过来,让人顿感心情愉悦。

  "这里是一番街,意思就是最热闹的一条街。"

  穗澄拉着空洞渊的手,开心地笑了。

  "这里活力十足,真是个好地方啊。"

  "嗯!我可喜欢这里了!"穗澄抬头看着空洞渊,露出纯真的笑容。

  "那咱们先从哪儿逛呢?难得来一次,得看点热门的东西!那就是歌舞伎表演了。现在比较火的曲目是《白发鬼》——"

  穗澄正兴致勃勃地给空洞渊带路,突然,沿街看店的女人叫住了她。

  "哎呀,这不是穗澄吗?难得见你这个时间出来啊!"

  中年女人看到穗澄跟空洞渊牵着手,一脸吃惊。

  "哎呀呀,还带了一位不错的男士!可不能小瞧你了!"

  "嘿嘿,不错吧?不过可惜,这位是姐姐的客人。"

  "巫女大人的?"女人越发吃惊了,她从头到脚打量着空洞渊,"啊……那位巫女大人也终于得遇良人!巫女大人长得那样美,却对

恋爱完全没兴趣，我可担心了……可真有你的！"

女人使劲捶着空洞渊的后背，空洞渊察觉到她似乎严重误会了什么。

"那个，我们不是那种关系……"

"你叫什么名字？"

"……我叫空洞渊。"

"多大了？"

"……二十八。"

"年纪正好啊，你是做什么工作的？"

"我是——"

被她这么一问，空洞渊犹豫了。该不该把自己来自现世这件事告诉她呢？至今遇见的都是对自己的遭遇抱有好意的人，但他还不知道这个世界的人是怎样看待现世人的。于是，空洞渊打马虎眼说道："——药师。我的工作就是治病救人。"

"哎呀，原来是药师！"女人再次瞪大眼睛，"那可太好了！灯大夫不见之后，大家都可着急了！空洞渊大夫是吧？巫女大人，还有我们大家就拜托你了！穗澄，你拿些萝卜回去吧！"

女人自顾自地说着，从摊子上摆着的萝卜里挑出最好的，塞给穗澄。

"嘿嘿，谢谢阿姨！"

穗澄开心地接过萝卜，和空洞渊一起走了。过了一阵，穗澄兴高采烈地抬头看向空洞渊。

"哥哥，大家都看好你呢！"

"没想到药师这个职业的地位这么高。"

不过仔细想想也知道，在这个如同旧时代一般的幽世，空洞渊掌握的医疗知识还是有价值的。

"刚才说的那位灯大夫是药师吗？不见了是怎么回事呢？"

"嗯，灯大夫是极乐街唯一的药师，但大概在一个月前突然失踪了……"穗澄的表情有些黯淡，"大家都很伤心，说可能是遭怪异的毒手了。"

"……"

生死由己——空洞渊想起银发少女的话。在这个人与非人之物共存的世界，或许这样突发的不幸也是常有的。

"也就是说，这个村子现在并没有行医的人吧？"

"嗯，药房也关着门。所以，如果哥哥你愿意做这里的药师，大家一定会很高兴的！"穗澄兴奋地说道，"但是不用勉强哦，毕竟哥哥是客人嘛。"穗澄体贴地说道。

空洞渊思考了一秒，然后轻轻抚摸穗澄的头。

"嗯，谢谢。不过，如果有我能做的事，我也会很乐意去做。等再适应一段时间，我也要考虑今后的事，总不能一直麻烦你们照顾。"

"哥哥真好！不过，你就算不工作，一直待在我们家也没问题哦！"

第二章 骚乱

"……"

要是跟这个女孩一起生活下去,自己会变得越来越没用的。

想到未知的未来,空洞渊的心里掠过一丝不安。他们在街上逛着。

一边走,空洞渊一边注意观察。比如,穿洋装的人也很自然地出现在街上,有几家卖煤油灯、椅子、玻璃制品的商店。大概跟江户时代的文化差不多。空洞渊有些吃惊。或许在跟现世分离之后,这里发展出自己的文化了。

空洞渊再次深切感受到这里是异世界。

他一边感叹一边走,远处突然传来钟声。

"……啊!这是午饭时间的钟声!哥哥,我们吃点东西吧!"

穗澄开心地望着空洞渊,但脸色不太好,这让空洞渊有些担心。

"你还好吗?是不是累了?"

"……嗯,我没事的。"

穗澄笑着,极力表示自己没事,看起来却还是有些乏力。

"就是觉得今天阳光好强烈……"

"阳光?"

空洞渊抬头望着天。今天确实是个大晴天,但自己毕竟经历过东京炼狱般的热,这样的阳光对他来说反而很舒适。

但这只是因为空洞渊的生活环境比较特殊,或许对在幽世土生土长的穗澄来说,今天的阳光过于强烈。

穗澄的脸色发青发白,不像是中暑,可能是贫血。空洞渊赶忙带穗澄去树荫下休息。

"……抱歉啊，难得逛得那么开心。"

穗澄坐在石墙上，满脸歉意。

"别在意。"空洞渊温柔地说道，"今天这么热，人也多，肯定是累着了。你不用在意我，好好休息。"

"谢谢你……哥哥。"

穗澄无力地笑笑。空洞渊摸摸她的头。

本以为稍作休息穗澄就会好起来，没想到她的情况越来越严重，连呼吸也急促起来，看着很难受。

"穗澄，咱们还是回去休息吧——"

空洞渊不忍心，将手搭在穗澄的肩上。然而下一秒，穗澄就抓住空洞渊的手，将他推倒在地。

"？！"

空洞渊倒在地上无计可施。等回过神来，穗澄已经骑在他身上了。

"——哥哥。"

穗澄的目光有些涣散，眼睛里闪着怪异的光。

"……穗澄，你在做什么？"

"——对不起啊，哥哥，你的味道好香，我忍不住……"

穗澄低头看着空洞渊，咧嘴笑了。就在这时，空洞渊看到她嘴里露出的尖牙——明明刚才还没有。

他瞬间想起昨晚的经历。

第二章 骚乱

戴着面具的白发鬼，跟现在的穗澄一样。

穗澄刚刚还好好的，到底发生了什么？空洞渊完全不明白，只是一个劲地喊穗澄。

"你、你冷静点。你要干什么，我们好好说。"

"我想……喝……"

少女神情恍惚地说道。

吸血鬼——空洞渊的脑海里突然浮现出这个词。

吸食鲜血的"怪异之王"。难道穗澄变成了鬼人？

他既不清楚情况，也没有经验，无法做出判断。

既然穗澄想要，那给她就行了吧？她于自己有一饭一寝之恩，满足她的需求应该没问题，就当是献血了。

只是这么做——不知为何，空洞渊觉得绮翠会伤心。自己可爱的妹妹做出吸血鬼的事，那位巫女想必不会容许。

那就只能尽力阻止她了。可问题是穗澄的力量远在空洞渊之上，他甚至都无法反抗。

穗澄的脸离空洞渊的脖子越来越近。

不行了——就在空洞渊要放弃的时候。

"这位仁兄，不介意的话我来帮你一把如何？"

空洞渊听见头顶有声音，慌忙看过去。

一位身穿僧衣、披深紫色袈裟的男人站在那儿，脸上挂着和蔼的笑容。

面对紧急情况，脸上的笑容依然满怀慈悲，这人难道是僧人吗？空洞渊不清楚对方是何许人也，但死马当活马医，他回答道："……可以的话能请您阻止这孩子吗？尽可能别使用暴力。"

"您这话可真奇怪。"男人睁大眼睛，像是见了什么奇怪的东西，"这位少女正在袭击您不是吗？即便这样您还同情她？"

"……她是在袭击我没错，但她对我有恩。如果做不到就请您权当没看见我们吧。"

听了空洞渊的话，男人若有所思地抚着下巴。

"比起自身的危机，您居然担心少女的安危……这位仁兄真是有副菩萨心肠啊。鄙人不才，愿尽绵薄之力。"

男人似乎乐在其中，他从衣袖里摸出一个药盒，从中拿出一枚小药丸。

"这是灵药，十分灵验。只要给她吃下，她就会老实了。"

空洞渊虽身处险境，但既然他说这是灵药，自己倒想问问其中的成分。可还没等问，男人就将灵药给穗澄吃了。

穗澄将药咽下后，压制空洞渊的力量瞬间就小了。就在空洞渊以为是药起作用时，穗澄一下子从他身上躲开，掐着自己的脖子，看起来很痛苦。

"你给她吃了什么？"

空洞渊急忙赶到穗澄身边给她把脉。脉浮而数，似乎是身体内有炎症反应，这是——

第二章 骚乱

"施主别急。"男人平静地说,"这只是身体里的邪祟在抵抗灵药而已,等会儿就好了。"

男人脸上挂着笑,总觉得有些可疑,空洞渊担心起来。但穗澄的情况有所好转,喘息逐渐平稳,像睡着了似的。男人满意地笑了。

"嗯,这样一来,少女体内的吸血鬼就被压下去了。"

"——吸血鬼?"

"哎呀,施主,您不知道吗?"男人睁大眼睛,似乎感到很意外,"极乐街现在正流行吸血鬼的感染怪异呢。"

"那她身上的异变是……"

"是的。刚刚那一瞬间,少女成了吸血鬼的鬼人。"

自己刚才的假设被证实,空洞渊虽感到疑惑,却也只能接受。他再次感到幽世是个动荡不安的世界。

"但一般来说,不是被吸血鬼咬了之后才会变成吸血鬼吗?"

"一般是这样。"男人点点头,"但此次吸血鬼骚乱麻烦就麻烦在不仅是这样。当然,也有被咬过之后变成吸血鬼的情况。但近日不断出现像小姑娘这样,正常生活的某一天突然变成吸血鬼的情况,实在蹊跷。"

正常生活的人在某一天突然变成吸血鬼——

穗澄就是这种情况。从昨晚金丝雀的解释来看,感染怪异就是这样的,倒也没有奇怪到让人摸不着头脑……

但是,变成鬼人需要具备一定的基础条件,以扩大认知。而在不特定的多数人中发生有违常理。

"这些事都无所谓。"

男人脸上挂着笑容,盯着空洞渊,打断了他的思考。

"有件事我实在难开口,其实……给这位小姑娘服下的灵药非常贵重,需要您支付费用。"

要求付账天经地义,但身无分文的空洞渊有些慌。

"……多少钱呢?"

"不必紧张,我好歹也入了佛门,视利益为身外之物,只给点材料费就行——大概二两吧。"

"二两……"

空洞渊完全不熟悉这边的货币价值。两[1]是以前日本的货币单位,这个倒是知道,但跟现在的日元该如何换算,这就不得而知了。

"这……我没带钱。"

"呵呵,您可真会开玩笑。您跟这位小姐穿着打扮可不俗啊。"

男人的眼睛似笑非笑。身材高挑的他笑着凑近空洞渊,持续施压。

"好了,赶紧支付也是为了您自己好。在这儿叫苦的话,佛祖会降下惩罚哟。"

"佛祖会因为这种事降下惩罚吗?"

"这无所谓。好了施主,您就当是施舍,赶紧支付了吧。"

---

[1] 江户时代的日本货币单位。——译者注

第二章 骚乱

身披袈裟、脸上挂笑的可疑男人和身无一文、疑惑不解的男人。

两个人大白天在这儿僵持,很难不引人注目。

这时——

"喂,那个叫释迦什么的,别为难他了。"

耳边响起第三个人的声音。

空洞渊循着声音望去,又是一个穿着奇怪的男人。

男人身穿黑色长袍,像是教会司祭的打扮,头上戴着高顶宽檐帽,嘴上叼着烟,怎么看都很奇怪。他的眼神如猛兽般锋利,看着就不好惹,会杀两三个人都不奇怪。说实话,空洞渊可不想跟这种人扯上关系,而男人却阔步朝他们走来。

身披袈裟的男人见来了个麻烦人物,小声咋舌,但脸上依然挂着笑。

"哎呀,这不是驱鬼师大人吗。近来可好?"

"挺好的,但一看到你这张笑脸,我的心情就不好了。"

"您这话说的。不过,这是我和这位施主的问题,用不着您插手。如果您非要插手,我可不会容许。"

"谁让我看见修炼不到家的和尚在这儿骗钱呢。我好歹也是个神职人员,可不能装看不见啊。喂,你!"

头戴高顶宽檐帽的男人吐了一口烟,对空洞渊说:"不知道你是不是外来的,这人就是把你当冤大头呢。"

"……冤大头?"

"肯定是吃了这人的药丸吧。那药丸里面就是大蒜而已。"

"……欸,大蒜?"

空洞渊睁大了眼睛。

"对。"男人接着说,"不知为何,吸血鬼的鬼人吃了大蒜后力量会暂时变弱。这在极乐街上几乎人尽皆知……看你这样子应该是头一次听说吧。"

吸血鬼怕大蒜,好像是这样。原来如此,难怪穗澄安分下来了。这一解释空洞渊倒是能接受。

"我还想请教一下,二两有多贵呢?"

"够一年吃喝玩乐了吧。"男人吐出圆形的紫烟,"还好我来了。极乐街上住的基本都是老实人,偶尔会有这样的恶人,你小心点吧。"

"说我是恶人也太过分了。"穿袈裟的男人脸上依旧挂着笑,"那所谓的圣人,就是不搭理这位施主,眼睁睁看着他也变成吸血鬼的人吗?不愧是信奉心胸狭隘之'神'的'教会',只会拯救求救之人。看来你们理解不了我佛的慈悲。"

"……叫释迦什么的,你只是打着佛祖的名号到处胡作非为的破戒僧人吧?"

眼看着这两个男人越吵越凶,空洞渊只想赶紧带着穗澄找个安静的地方休息,但也自知是当事人,于是只好打断两人。

"好了好了,两位都消消气。其实刚刚这孩子情况不太好,他也

确实帮了我。我并不打算付足够一年吃喝玩乐的费用,但我很乐意聊表谢意。"

"哦!还是施主识大体。"穿袈裟的男人满意地笑了。

空洞渊接着说:"只是,正如我刚才所说,我刚来这里,身无分文,而且我想尽快让这孩子休息,改日再道谢可以吗?我们住在极乐街尽头的神社——"

"……神社?"

突然,身披袈裟的男人脸僵住了。仔细一看,就连头戴高顶宽檐帽的男人脸都僵了。空洞渊纳闷自己是不是说了什么不该说的。

穿袈裟的男人小心翼翼地问:"……施主,难不成您与御巫神社的巫女大人是相识?"

"怎么说呢……这孩子就是神社的巫女啊。"

"……"

身披袈裟的男人脸上挂着僵硬的笑容,头上冒出冷汗。空洞渊有些摸不着头脑,或许是踩雷了吧。

"——难不成她是穗澄妹妹?她没穿巫女服,还化了妆,我没看出来。啊啊,不关我事哦,那个释迦什么,跟我可没关系。"

头戴高顶宽檐帽的男人一副事不关己的样子,吹起口哨。

空洞渊正想问是怎么一回事,身披袈裟的男人突然搂住空洞渊的肩膀,套起近乎。

"——施主,您早说跟巫女大人是相识啊,真见外。还没介绍,

"我叫释迦堂悟，只是个路过的修行僧，安分守己。您正需要帮助，我可没那胆量勒索您，还请不要误会。"

"可刚才你不是说药丸的费用要二两……"

"呵呵，施主您听错了。我是说作为服用鄙人药丸的谢礼，我给您二两。"

"……"

这借口未免太过牵强了。

不仅给药丸吃，还要给足够一年吃喝玩乐的钱，空洞渊越来越搞不懂这里的金钱观念了。

虽说自己没吃一点亏，倒是无所谓，可良心会痛。

自从搬出绮翠之后，这人的态度就发生了一百八十度的大转变，虽不清楚其中的缘由，但可见是畏惧绮翠的。就连戴着高顶宽檐帽的男人也是差不多的反应，说不定绮翠是整个幽世都敬畏的人。

空洞渊也不好总借着绮翠的威风，于是便顺势找了个台阶下。

"——那就算是我听错了，不过我也没理由要你二两，你自己收着吧。"

"什么？！施主您年纪轻轻，居然已经开悟……在下佩服，佩服！"

"……能请你不要持珠诵佛吗？"

"哦哦，失敬失敬。我内心的敬仰一不小心表露出来了。"

释迦堂说笑着，将数珠收回去。一看就是故意的。

第二章 骚乱

"施主,还未请教您尊姓大名?"

说起来空洞渊还没做自我介绍呢。原本怕日后麻烦,想随便编个名字,但既然暴露了自己跟绮翠相识,说谎反而会给她添麻烦,于是便老老实实回答:"……空洞渊。"

"哦哦,空洞渊大人!您若有麻烦,随时找鄙人商量。那我先告辞了。这位小姐体内的吸血鬼我已除净,您大可放心。烦请代我跟神社的巫女大人问好。"

释迦堂脸上挂着可疑的笑容,向空洞渊行了一礼,便离去了。虽是他单方面离场,空洞渊也不想再跟他有牵扯,走了正好。至于"除净"是什么意思,空洞渊并不知晓,不过看穗澄已经不像刚刚那么难受了,应该没什么大碍了吧。在放送的那一瞬间,疲惫感袭来。

"真不走运啊。"一直在旁边静观其变的、戴高顶宽檐帽的男人开口了。

"不过嘛,什么都不知道就在街上乱晃的你也有错。穗澄妹妹的事很遗憾……这种事在这里也是常有的。"

男人看似粗鲁,却随身带了烟灰缸。他将烟头扔进去,继续说:"我叫朱雀院,是个驱鬼师——就是专门驱鬼的。跟那个臭和尚和绮翠妹妹算是同行。"

"谢谢你帮我。"

"别在意。"朱雀院挥挥手,"我也不是好心帮你,只是出于个人原因插了一手而已,不必感谢。"

朱雀院说完，便背过身准备离开。

"那我也走了。最近有些乱，还挺忙的。等你有空请我喝酒啊。"

他举起一只手，随便挥了两下，离开了。

只剩下空洞渊一人站在原地，该怎么办呢？犹豫了一秒，空洞渊决定还是按照原计划，背着穗澄回神社。

一路上，他觉得周围的人好像投来了怪异的目光。

3

总算顺利回到神社了。

空洞渊不知道穗澄的房间在哪儿，于是先将她安置在自己的房间里。给穗澄盖上被子后，他也瘫倒在榻榻米上。

对一个平时不锻炼、运动量不足的成年男人来说，哪怕是背这么一位身材小巧的女孩，要爬上神社那段长长的石阶也是很费劲的。

空洞渊擦擦汗，调整呼吸。因为没来得及吃午饭，他感到有些晕眩。

还是先睡一觉吧。正当他要闭上眼时，突然听见有人从玄关沿着走廊跑过来的脚步声。

"穗澄！空洞渊！你们没事吧？！"

御巫绮翠拉开门进来了。

"……你回来了。"

第二章 骚乱

空洞渊勉强起身迎接家主。

"穗澄没事。我不知道她的房间在哪儿，就放在这里了。本想给她松松腰带……但不知道怎么弄，就让她这么睡了。抱歉。"

"——没事。"

绮翠终于松了一口气。她抓起空洞渊的手，深深低下头。

"谢谢你照顾穗澄。还好你没事……要是你们两个有什么闪失，我可怎么办……"

没想到平时那样冷静的绮翠也会如此慌乱，空洞渊有些吃惊。绮翠看似冷淡，其实内心应该是热情的。

绮翠抬起头，恢复了以往的冷静。

"我听说感染怪异的事了，没想到连穗澄也变成了吸血鬼……原以为巫女没事，是我大意了。害你遭罪了，实在对不起。"

"不用在意。你能看看穗澄的情况吗？"

"嗯。能麻烦你去客堂等着吗？"

顺着绮翠的意愿，空洞渊往客堂走去。

自己的呼吸总算是恢复平稳了，但大腿的肌肉还在发烫，像灌了铅似的。空洞渊心想，要在这幽世生活，得加强锻炼啊。

过了约莫十分钟左右，绮翠来了。

"——空洞渊，久等了。你饿了吗？别人送了荞麦面，要不吃点吧？"

"好啊。沾你的光了。"

空洞渊站起身想要帮忙,却被绮翠阻止了。

"荞麦面而已,不麻烦的,你坐在这儿等吧,还很累吧?"

"……"

绮翠看穿了一切,微微一笑。空洞渊有些过意不去,目送她去了厨房。

过了大概十分钟,绮翠端了两碗热腾腾的面回来了。

空洞渊满怀感激地接过面。素汤面里虽然只加了两片鱼糕,但鲣鱼干散发出的香味,使这道简单的料理看起来非常好吃。

"那就吃吧。"

绮翠说完,空洞渊拿起筷子吃了一口,惊住了。

面非常好吃。因为昨晚和今天早上都是穗澄准备饭菜,空洞渊还以为绮翠不擅长厨艺呢。

"——我怎么觉得你有些不礼貌的想法。"

"那一定是你的错觉。嗯,面非常好吃。"

"……是吗?好吃就行。"

两人默默吃着面。空洞渊没想到自己会和巫女打扮的美人一起在饭桌上吃荞麦面……还有刚刚约会的事,这些在昨天白天还是万万想不到的事。他不禁感慨,人生真是有趣。

"怎么了?看你笑嘻嘻的。"绮翠狐疑地看着空洞渊。

"没什么。"空洞渊蒙混过去,"只是,以前一直都是我一个人吃饭,像这样跟别人一起吃,还挺愉快的。"

第二章 骚乱

"跟穗澄那样开朗有趣的孩子一起吃或许是，但跟我这样的人一起应该不会愉快吧。"

"怎么会。就算不聊天，你能陪我一起吃饭就很开心了。"

"……这样啊，你这人还挺奇怪的。"

绮翠表面淡漠地说，内心却似乎并不冷淡。她放下筷子，从兜里取出什么东西递给空洞渊。

"给你。"

"欸，这是什么？"

空洞渊疑惑地接过去。是一个用纸折成的小鸟。他想起上初中的时候，同班的女同学会将信折成漂亮的纸互相交换。

空洞渊以为是一封信，于是放下筷子，将纸打开了。

这是一张竖向的和纸，上面写了字还有复杂的图形。字写的太抽象，空洞渊不会读。除此之外，纸上不仅有黑墨，还有红黑色的墨。

"这是……符？"

"是的。我一直放在身上的符，很灵验的。"

说起来，是有些温度。

"你好好收着吧，一定能保佑你的。"

"上面写了什么？尤其是红字的部分，似乎很重要的样子。"

"——保密。"

绮翠不再说了，只是默默吃面。

空洞渊一无所知地收下了不明所以的符。他从没有接触过这类灵验的物件，所以也无从判断这是什么东西。只是，看上面写了密密麻麻的字，似乎很不寻常，他感到些许不安。说实话，他觉得有些不祥。总不会是个第二天一早就变成毒虫之类的咒符吧……

但看绮翠也是好心送给他的，虽然瘆得慌，总不能还给人家。空洞渊还是小心收下，折好放进口袋了。要真变成毒虫，到时候再想办法好了。

空洞渊默默吃饭，面好吃，鱼糕也不错。

吃完荞麦面后，喝着绿茶，空洞渊总算松了一口气。他对绮翠说："我听说镇上正流行吸血鬼的感染怪异呢。"

"……嗯。"绮翠有些尴尬地点点头，"我不是刻意隐瞒，只是觉得你刚被带到幽世，突然对你说这些会吓到你……"

空洞渊这才明白，难怪绮翠在金丝雀的宅邸遮遮掩掩。

"你在担心我啊。没关系，就算我知道，穗澄的事我也帮不上什么忙——只是，如果可以的话，我想知道详细情况。"

"当然可以，不过……这可不是什么有趣的事哦。"大概是说来话长，端坐着的绮翠摊开腿，继续说道："——大概在一个月前，有一天突然传出，吸血鬼来了。"

"……突然？我记得如果人们的认知达不到一定程度，就不会发生感染怪异吧？"

空洞渊想起昨天金发贤者说的话。

"是的。在那之前并没有吸血鬼的传言，所以我也不清楚前后的

关系……至少在流言四起时，确实有吸血鬼出现了。镇上有好几个被吸血鬼袭击的受害者。"

空洞渊想起戴面具的白发鬼，那人也是吸血鬼吗？

"一开始被吸血鬼咬过的女孩变成吸血鬼，之后数量越来越多。我调查后发现，那个吸血鬼只会咬女孩。只是那时一天最多只有一个人变成吸血鬼，跟其他怪异相比算不上麻烦……"

绮翠喝了一口茶。

"大概从两周前开始，没被吸血鬼咬过的人也突然变成吸血鬼了……有委托我都会去祓除，但数量实在太多，我有些应付不过来了。现在不只是驱鬼，我还在追查源头吸血鬼。"

"原来如此……"

听了刚才的话，空洞渊获得了不相关的信息：看来幽世也有日历和星期的概念。钟表用的是不定时法计时，恐怕这里采用的是阳历。

"我能问几个问题吗？"

"当然。"

"第一个吸血鬼出现之前，幽世有关于吸血鬼这种怪异的大众认知吗？"

在空洞渊生活的现世，吸血鬼经常出现在各种作品之中，所以几乎是无人不知，但他刚来幽世，不清楚这里的常识，所以无法判断。

绮翠点点头。

"如今连小孩子都知道。草双纸上也经常写。"

"草双纸[1]？"

空洞渊没听过这个词，一时想不出来怎么写。

绮翠从客堂角落的纸堆里抽出一些，递给空洞渊："就是这个。"

五张十二开的和纸用绳子随意捆了起来，上面有字有画。画比较写实，空洞渊还能看得懂，但字不是活字，就看不懂了。不过有些汉字和平假字倒是能分辨出来，空洞渊看习惯后也能解读个大概了。看画是男女一同在河边散步，应该是爱情故事吧。

打断了绮翠的话，空洞渊觉得过意不去，便将草双纸还给了她。

"草双纸上是怎么写吸血鬼的？跟昨天金丝雀说的一样吗？"

"嗯。吸食人鲜血的怪物，力量强大，但惧怕阳光和大蒜，大概就是这样吧。现在草双纸上虽然写的比较滑稽，但听说早在我出生前，根源怪异搞得整个极乐街都不得安宁。"

听绮翠这么一说，空洞渊突然想到，既然有吸血鬼的感染怪异，按理来说也应该有根源怪异。幽世将现世所有的怪异隔离至此，很难想象没有像吸血鬼这样知名的怪异存在。至少，吸血鬼比八百比丘尼知名度要高多了。绮翠说的吸血鬼是所谓的真祖吗？

"你出生之前，也就是二十多年前吧。后来怎么样了？"

"像现在这样不断扩增自己的眷属，结果闹得越来越大，把金丝雀惹生气了，于是被她痛扁一顿，事情就解决了。"

"……"

---

[1] 江户时期的通俗绘图小说。——译者注

第二章 骚乱

那位金发贤者看着温厚和善，想不到也不好惹。

空洞渊默默下定决心：千万别忤逆她。

"金丝雀似乎没取根源怪异的性命……只是夺了他大半的力量。据说现在根源怪异还在幽世的某处晃荡呢。有不少上了年纪的人还记得当年的事，所以很害怕，都在说是不是那个时候的吸血鬼还在这里作恶。"

原来如此。卷土重来啊。

"你觉得有这个可能吗？"

"不可能吧。被金丝雀夺了力量，一辈子也就那样了。根源怪异绝对不可能取回自己全部的力量，即便月咏掺和也一样。"

金发贤者说自己无法观测到妹妹月咏的行动，不过月咏的能力是在金丝雀之下的。

"那吸血鬼的根源怪异与这次事件无关，对吗？"

"应该是。就算有什么关系，没被吸血鬼咬也会发生感染怪异的原因尚不明确。这个问题更棘手。"

听了绮翠的话，空洞渊抱着胳膊点点头。

"这些我也不是很懂，想趁现在捋一捋……感染怪异是从人们的认知产生的怪异吧？被吸血鬼的鬼人咬过的人会变成新的鬼人，我觉得有点难理解。"

"那是因为吸血鬼这种怪异把事情搞复杂了。"难得见绮翠皱起眉头，"吸血鬼最大的特征不是吸血冲动，也不是长生不死，而是可以自发增加同类。这在大众认知的怪异之中几乎是唯一的一种特性。也就是说，吸血鬼这种怪异本身就有感染性，而且这种特性已经为人熟知。"

"这样啊。被吸血鬼咬过会变成吸血鬼——正因为有这种认知，才会出现新的吸血鬼感染怪异。"

这种怪异能拓展这个世界的基本法则。

原来如此，这下麻烦了。想着想着，空洞渊察觉到不对劲，其中似乎有矛盾。然而，脑中一闪而过的线立马断掉了。空洞渊只好放弃思考，继续刚才的话题。

"我知道吸血鬼的特性了……最大的问题果然还是感染怪异不通过吸血鬼就能在不特定的多数人中扩散。"

空洞渊虽然理解了被吸血鬼咬过的人会变异，但没被咬也会产生变化，这就有些奇怪了。

"从原本的感染怪异的角度来看，或许也不是什么奇怪的事……只是，这里并没有流传哪个人可能是吸血鬼这种猜疑的传言吧？"

"没错。至少穗澄是在我的庇护下，没有人会怀疑她是吸血鬼才对。"

从蔬菜店的女人和释迦堂他们的反应来看，绮翠对这里的人来说应该有特殊的地位，绮翠的妹妹穗澄也被人另眼相待，所以绮翠的判断应该没错。

刚才绮翠也说因为穗澄是巫女，所以她之前觉得不会有事，估计

第二章 骚乱

也是从此处推断的吧。

"以前没有传言以外的原因引起感染怪异的先例吗？"

"我想想……"

绮翠将纤细的手指抵在下巴上，开始回想。

"大约在三年前，我一时兴起，在御巫神社限时发售了幸运护符……结果当天就卖完了，我一开始挺高兴，但没过多久，见买的人都获得了不同寻常的好运，我开始有些慌。后来我被金丝雀训了一顿，便把护符全部收回来了，好在没酿成大祸。要是就那样放着不管，或许会引起混乱。"

"……"

听了这段逸事，空洞渊怯怯地想，这位巫女颇有手段啊。

"你的意思是，在御巫神社买的护符很灵这一传言扩散开了？"

"当然也有这个原因，不过，该说是因为购买的人相信护符灵验，所以幸运护符本身就成了感染怪异。"

绮翠若无其事地喝了口茶。

"如果说人的认知会改变现实，那么物品也可以被改变，对吧？因为大家愿意相信，所以我连夜随便做出的幸运护符成了能招来幸运的感染怪异。"

暂且不评价这段逸事如何，空洞渊有了新的发现，那就是物品能传播感染怪异。恐怕就算是不知道幸运护符的人拿了护符，不论这人的认知如何，护符都会为主人带来幸运吧。

一想到这个世界混沌无法，空洞渊就觉得头疼。

"……也就是说，这次有可能是某个物品造成了感染怪异，与本人意愿无关。"

"嗯。比如，没被吸血鬼咬却变成了鬼人的人，全都拥有某种诅咒的人偶，但他们本人并不知道那个人偶会让他们变成吸血鬼，这种情况十分有可能。不过这些也只是我的推测而已。"绮翠叹了口气，难得见她如此为难。

不管怎么说，还是再严密调查一番为好。

总之，听了绮翠的话，空洞渊算是理解如今在幽世发生的事有多麻烦了。

于是空洞渊切入正题。

"绮翠，我有个请求。"

"你说。"

"如果可以的话，下次你去祓除吸血鬼的感染怪异时，能不能带上我？"

绮翠吃了一惊。

"……为什么呢？"

"我在想，或许我能帮上忙。"

之后，空洞渊告诉绮翠，自己在现世做药师的工作，他觉得如今幽世没有医疗机构，不太放心。

"现在虽有像你这样能祓除感染怪异的人，但数量远远追不上吸

血鬼感染怪异扩散的速度不是吗？所以，有很多人即使出现了感染怪异的情况也不能及时得到处理。"

空洞渊想起刚才穗澄痛苦的样子。如今这里有许多跟穗澄一样痛苦的人，实在太可怜了。自己说不定能帮上忙，因此不能坐视不理。

"当然，我没有被除感染怪异的能力……但我尚且能减轻患者的痛苦，为他们争取时间。幽世的人们或许能得到治疗。"

绮翠认真听着空洞渊的话，然后盯着他问道："但这里可不是现世，没有什么特殊的道具。刚来幽世的你又能做什么呢？"

"不久之前，幽世不是有药师吗？也就是说有药，而且是草药。我是汉方专家——专门研究草药的药师。所以我拥有的知识应该能在幽世发挥作用。"

"……你的意思是，用草药治疗感染怪异？"绮翠惊讶地问道，"我可从没听说过。"

"汉方可以做到。"空洞渊坚定地说。

汉方治疗不依据发病原因，而是依靠患者本人的症状和表现来进行治疗的。

既然不追究病因，即便是感染怪异，只要患者有疼痛的症状，或许就能通过治疗减轻痛苦。

不试试确实也不好说——但也没有理由不试。

"我昨晚也曾被鬼人袭击，大概了解其危险性……只要我能做到，我想尽力帮幽世度过危机。"空洞渊盯着绮翠的眼睛说道。

两人之间充斥着难以忍受的沉默。

"——好吧。"

绮翠突然开口，微微一笑，打破了紧张的气氛。

她的表情复杂，夹杂着喜悦，又像是听天由命，似乎早料到空洞渊会这么说。这令空洞渊有些不知所措。

"你明天就跟我一起去吧，但千万不要涉险。答应我，一定要听我的。"

"谢谢。"空洞渊松了一口气，"我会努力不拖累你。"

"……你这么听话反而让我觉得不安。"绮翠感到困惑，喝了一口茶，"不过嘛，你也是个成熟的大人了，不会乱来吧？"

绮翠喝完茶，将茶碗放回桌上，问道："治疗需要什么呢？我想尽可能地满足你。"

空洞渊思忖片刻，回答道："那就近日找个时间，你带我去一趟已经关门的那家药房吧。"

第三章 进展

第三章 进展

1

次日，几乎是在太阳刚升起时，空洞渊便起床与绮翠一起去了那家药房。

空洞渊倒是不急，但绮翠却说"还是早点动身比较好"。见她如此体贴，两人便决定在她出门办事之前先去药房。

穗澄休息了一晚已经完全恢复精神了，她吵嚷着要一起行动，为以防万一，绮翠还是让她留在神社静养了。据绮翠说，御巫神社布有结界，怪异之物不敢轻易靠近。

空洞渊心想，神社果然灵力很强啊。明明几日前他还是个无神论者，对于自身心境的变化，空洞渊不禁觉得有趣。自己并非是一个彻头彻尾的现实主义者，既然被带到这幽世，也没必要坚持无神论了。

从神社出来走了大约十分钟，他们来到森林与村落之间，这里四周被树木包围，其中有个小屋。

小屋是悬山式建筑，有规整的四方墙壁以及高挑的两面坡屋顶，是小孩子的画中经常出现的那种随处可见的建筑样式。它十分破旧，看上去都快成废弃房屋了。之前的药师，也就是灯大夫，失踪才没多久，估计原本就很破，一直用来当药房。

小屋外壁长满了爬墙虎，大门顶上挂着门匾，上面好像写了字号，只是被密密麻麻的爬墙虎遮住，看不清。

"——还是这么破啊。"

绮翠嘴上毫不留情。她走到门前，打开门。

"欸，你有钥匙啊？"

空洞渊原本想的是先让绮翠带路，知道地方在哪儿，然后找金丝雀要钥匙，没想到绮翠居然有。

"这间药房代代由御巫神社管理。"

绮翠淡然说着，打开了门。说不定绮翠或者穗澄偶尔会过来给房间通风。

绮翠快步向前走，空洞渊也跟在她身后。

屋里倒是不像外面那样破旧。榻榻米地面还很新，设在屋子中央的地炉也很气派。

但最吸引空洞渊的，还是屋里到处摆放着的传统汉方用具。

药碾子、铡刀、石臼，这几个空洞渊也用过，还有几个他连见都没见过，更别说用了。这令他感到心潮澎湃。

绮翠熟练地打开里面的窗户通风采光，空洞渊则径直奔向药斗。

正如空洞渊所想，幽世用的是日本的汉方药，药斗上贴着草药的名称，他也看得懂。

空洞渊紧张地抽出贴有"麻黄"标签的抽屉往里看，里面放着整理好的麻黄，甚至连木质茎都仔细去除了，比空洞渊生活的现世里的

麻黄质量还要好，既不见生虫，也不见发霉。虽说最好还是煎一次试试，不过估计这里的草药能直接拿来用。

空洞渊开始觉得在幽世用汉方治疗是可行的。

以防万一，空洞渊也检查了容易坏的草药。大枣和地黄容易潮，泽泻易招虫。得快点检查，不然要让绮翠等他了。现在毕竟是夏天，有几味药需要处理一下，但并没有完全不能用的，这下空洞渊放心了。他刚来幽世，连东西南北都分不清，更别说出去采草药了。好在这些药材还能用。

"空洞渊，你见到感兴趣的东西连眼神都变了呢。"绮翠站在他身后，讶然说道。

"抱、抱歉。看到过去配药的地方有点兴奋。"

"我还以为你是不为任何事物所动的人，所以有点意外。"绮翠苦笑，"男人也有孩子气的一面呀。不过，我还挺喜欢单纯的人。"

听绮翠这么评价自己，空洞渊有些不好意思。他四处张望，试图掩盖自己的难为情。

"——嗯，我大致看了一下，这里能照常使用。不过像我这样的外人，能随便用吗？"

"这你不必担心。本来就没人用，我允许了。而且，于我而言，你可不是外人，镇上的人应该也没把你当外人。所以你尽管挺起胸膛来。"

绮翠自信满满地说完，往外走去。

"既然检查完了,咱们就赶紧动身去现场吧。光是上午就得跑五个地方,你也要打起精神来跟上哦。"

"……饶了我吧。"

空洞渊对自己的体力完全没有信心,已然直冒冷汗。他赶紧追着巫女打扮的绮翠出去了。

2

这天到访的第一家是极乐街商圈之外的一个规模中等的宅邸。这一带的环境幽雅清闲,住的似乎是比较富裕的人家。

到访时家主没遣用人,而是亲自恭恭敬敬出来迎接,可见绮翠在当地的威望不一般。

家主是位中年男性,他带两人进屋,有些过意不去地说:"……实在抱歉,还劳烦巫女大人亲自跑一趟……只是我女儿出了这样的事,我们束手无策啊……"

"请不必介意。被除祸乱城镇的怪异是巫女的职责所在。"

一旁的空洞渊不禁感慨:看来绮翠对长辈还是会说敬语的。他默默观望着。

"您说您女儿变成了吸血鬼,大概是在什么时候呢?"

"从五天前开始的。"男人悲切地说,"她跟酒铺的女儿从小玩到大,前几天两人一起去买东西。回来之后,我女儿就说怕光,想喝

血……我想那大概就是镇上闹得沸沸扬扬的吸血鬼了,于是便给她吃了大蒜,现在正在仓库静养呢。"

用大蒜对付吸血鬼——看来这里的人对此已有一定的认知。

绮翠问:"她吃过大蒜后症状就缓解了吗?"

"是的。所幸她没有嗜血的冲动了……但依然脸色苍白,还长出了尖牙,一直在痛苦呻吟……"男人带着哭腔说,"那孩子……小文是我上了年纪后好不容易有的孩子,是我的珍宝啊……巫女大人……请您一定、一定救救我女儿!"

听了男人恳切的请求,绮翠平静地笑了笑:"老爷放心。守护幽世是御巫巫女的职责所在,无论何种怪异,我一定会将其制服。"

"哎呀……巫女大人!感激不尽……感激不尽!"

男人搓着双手不停膜拜,这时才终于注意到空洞渊。他惊讶地看看空洞渊,问道:"那个,巫女大人啊,这位大人是……"

"这位是我的远亲,空洞渊大夫。他自愿担任幽世新的药师,现在正在各处诊疗,寻找用药物治疗吸血鬼症状的方法。"

绮翠大言不惭地编着谎。的确,如果不说是她的亲戚,别人也不会轻易相信他。空洞渊觉得有些过意不去,而男人听后却喜出望外。

"原来是这样!实属有幸。灯大夫失踪之后,大家都很不安。空洞渊大夫,今后还请您多多关照。"

"啊!好……我定会竭尽全力……"

大家的无故期待让空洞渊感到压力。在现世,汉方治疗被指落后于时代，对此没人抱有期待。从这个意义上来说，他的心情还是舒畅的。

随后，空洞渊他们来到仓库。只见大门上挂着一把做工精致的锁，变成吸血鬼的女儿看样子是被关起来了。空洞渊想，这里的人对人权的意识居然这样低。可转念一想，万一吸血鬼扩散了也不好，这样做也是不得已。

空洞渊下定决心，为了不让此类悲剧继续增加，一定要找出治疗感染怪异的方法。

他跟着绮翠进入仓库。

一行人仅靠着微弱的烛光，在昏暗的仓库中摸索前行，然后——仓库最里面的床上躺着一位少女，她的四周弥漫着大蒜的臭味。她若不定期服用大蒜，恐怕身体情况会越来越糟。

少女呼吸急促，时不时发出痛苦的呻吟，尚不清楚是否还有意识。看到女儿令人心酸的模样，男人转过脸去。绮翠让男人去仓库外面等候，然后便开始动手袚除怪异。

"我想在你袚除前诊断一下她的情况，能稍微等等吗？"

"当然。我就是这么打算的。"

绮翠蹲在少女的枕边，用手拭巾擦掉她额头上的汗。

"她似乎没有意识。看起来很痛苦……但并不知道她为何痛苦。"

"很遗憾她说不了话……我尽力试试吧。"

蜡烛的光不够亮，空洞渊打开了手机的手电筒，开始诊断。

第三章 进展

少女的脸色如死人一般又青又白，尖牙锋利，不同寻常，情况跟昨天的穗澄几乎一样。空洞渊往下拉她的眼睑，观察眼睛。由于怕光，少女将脸背了过去，这让空洞渊无法仔细检查，不过他注意到，原本眼睑内侧应该是红色的，但她的却是淡粉色的，由此推断她患有严重的贫血。

空洞渊为少女把脉。脉象沉而迟，略涩，寸口、关上、尺中皆无力。用针灸可以六部脏腑定位诊察，但空洞渊是汉方古方派，只会简单的阴阳平衡，其他信息只会阻碍他的判断。

最后检查的是少女的腹部。胸腔未见痞块，甚至有些疲软，小腹有抵力，整个腹部有压痛，哪怕只是轻轻一按，少女也会痛苦地呻吟。

药剂师原本是不做诊断的，说白了，空洞渊也不是很了解，但他记得汉方的诊断手法，便凭借记忆查找病症。

"……怎么样，诊出什么了吗？"绮翠好奇地看着空洞渊诊治。

空洞渊为少女整理好浴衣，思考片刻，说道："怎么说呢，我本以为吸血鬼的状况是超出常人的，但所幸她的身体状态与普通人无异，这样的话应该能更精确地找出病症。"

"你的意思是，能治？"

"嗯。不过还得试一下才知道。"

绮翠微微一笑。

"也算是有了一点进展，应该高兴。那我赶紧为她祓除吸血鬼，你离我稍远点。"

绮翠取下别在腰间的小太刀,连刀带鞘一起托在双手之上,跪在地面,像是供奉在神前一般。

仅这一个动作,气氛就完全变了。绮翠的举止精练、完美、优雅,光是看着就让人直起鸡皮疙瘩。

此刻,御巫绮翠由常人之身变为侍奉神明的巫女。

她紧闭双眼,跪地向神明宣誓的身姿神圣庄严。

巫女口中念念有词:"驱散净身,予其安宁。"

她的声音虽微弱,但十分清晰。沉寂的仓库中,言灵显现。

绮翠将右手放在刀柄上,缓缓拔刀,刀身泛着微弱的光芒。

空洞渊紧张地咽口水,声音显得格外大。

巫女将刀举过头顶——迅速挥下,落在少女的头顶。

"咻"的一声,空间仿佛被劈裂。

刀尖在离少女额头几厘米的地方停住了。

一瞬间,少女的身上飘出一缕青烟似的东西,然后在空中消散了。

"诚惶诚恐,诚惶诚恐。"

绮翠跪在地面,恭敬地低下头,将小太刀收回去了。紧张的气氛一下缓和起来。

看来,被除邪祟的仪式完成了。

"空洞渊,久等了。"

绮翠冲空洞渊笑笑,脸上透着疲惫。仔细一看,她都出汗了。

"辛苦了。我还是第一次看这种仪式,感觉好神奇,我都感

动了。"

"……是吗？这是很简单的咒术，没什么大不了的——"

绮翠若无其事地擦擦汗，然后从口袋里掏出什么东西塞给空洞渊，好像还是上次那种符。大概是上次空洞渊夸她，她很开心吧。

空洞渊昨天就在想，这位巫女平日里沉着冷静、面无表情，但被夸赞之后会稍微表露欣喜之情。绮翠是这里的守护者，这份责任要求她保持冷静，但无意间露出的与年龄相符的感情又惹人怜爱。

"问这话或许很失礼……难道被除怪异会感到非常疲惫吗？"

"是啊，虽算不上非常疲惫，但是会费神。"绮翠收起显露出的疲惫之感，像平日一样面无表情地说，"如果是作恶的怪异，二话不说就能斩杀，无须费心，但似乎很痛。这个女孩并没有做坏事，所以，我在被除她身上的怪异时会尽量不让她感到痛苦。可惜也因此，我每天最多只能处理十个。"

"这样啊……辛苦你了。"

"谢谢你的关心。不过现在比起我，更让人担心的是镇上的女孩们，得赶紧去下一家了。"

说着，绮翠走出仓库，脚步似乎不太平稳。空洞渊最后又看了一眼卧床的少女，赶忙追了过去。

刚才还在痛苦呻吟的少女，这会儿已经平静了下来。

3

午饭的钟声响过之后,上午最后一个吸血鬼被除工作终于结束了。由于在幽世只能步行,所以效率一般。虽说这里有一种被称作"笼"的人力出租车,但绮翠更喜欢徒步。

空洞渊疲惫不堪,绮翠也藏不住疲劳之感。这会儿已经过了饭点,两人去大街上的茶屋吃午饭。

所幸这家店绮翠常来,别人并没有投来异样的眼光,空洞渊总算放心了。跟引人注目的绮翠一起行动,空洞渊难免不适应,但必须得慢慢习惯。

两人各点了一份茶泡饭,和善的女店主离开前还意味深长地看了一眼空洞渊,说:"——这位兄弟,巫女大人就拜托你了哦。"空洞渊没听明白对方的意思,索性先答应着:"好的。"他并不擅长察言观色。

"——这地方不错吧?"绮翠喝了口水,柔和地说道,"我从小就经常来这儿吃午饭。最喜欢这里的鲷鱼茶泡饭和饭后甜点豆沙凉粉。"

"那我可要好好尝尝。"空洞渊笑了。

他记得,豆沙凉粉好像是昭和初期才出现的点心。搞不好是跟他一样闯入这里的现世人推广的。

第三章 进展

"在这儿好好休息一下吧。我倒是无所谓,绮翠要是倒下可麻烦了。"

"谢谢你的关心。也好,我也趁这个机会休息一下。说实话,是有些累了。"说完,绮翠叹了口气,"可无论怎么努力,吸血鬼只增不减啊。真是头疼。"

"虽说必须得追根查源,但目前情况尚不明确,也是没办法的事。我想到了一些简单的对症疗法,说不定能帮上你。"

"欸?你已经知道怎么治疗了吗?"绮翠稍稍睁大眼睛,"对症疗法,具体要怎么做呢?"

"这个嘛……"空洞渊手里端着水,在脑中整理思路,"本来应该挨个诊断,对症下药,但这次病人太多,所以,我从多个病例中总结出了相同点,找出吸血鬼症的大致特征,然后配药。"

"相同点……比如,多为女性?"绮翠歪着头问道。

她说的没错。不知为何,这次吸血鬼的感染怪异主要集中在女性身上。今天上午处理的五个吸血鬼的鬼人全都是由十几岁到三十几岁的女性变成的。之前从绮翠的话里得知,至今感染的百分之九十以上都是女性,几乎没有男性鬼人。

这只是自然发生的感染怪异的情况,如果是被吸血鬼咬过后患上感染怪异,男性的比例还要多一些。但无论何种情况都是女性多,这一点不容忽视。

"女性吸血鬼多,这一点至关重要。而且刚刚诊断的五人症状相似，所以，将吸血鬼看作一种病加以治疗的方向是对的。治疗方案我也有头绪了。我说过很多次，得先试试，没有效果的话一切都是空谈。"

即便按照汉方理论诊断开出药方，有没有效果又是另外一个问题了。当然这不限于汉方药，西药也是一样的道理。

"不过收集信息还是很重要的，或许能从感染怪异中找到根本原因。"

"真要这样就谢天谢地了。"绮翠苦笑着，似乎没抱太大希望，"感染怪异究竟是因为什么扩散开的呢……我完全没有头绪。"

这时，茶泡饭端上来了。端饭的不是刚才的女店主，而是一位肤色晒得很健康的年轻女孩，浓厚的眉毛给人坚忍骁勇的感觉。

她上完菜后并没有离开的意思，只是站在空洞渊他们身边，盯着绮翠，似乎有话要说。绮翠注意到之后，温柔地笑着说："你找我有什么事吗？"

女孩霎时红了脸。

"没……没有！对……对不起！"

"没关系，无须道歉。"绮翠语气柔和，丝毫看不出平日的冷淡，"不过，你是不是有话要跟我说？"

"啊！就、就是……"女孩吞吞吐吐后，终于下定决心，"巫女大人！谢谢你救了小文。非常感谢！"

她抱着托盘，猛地低下头。

第三章 进展

空洞渊一时没听懂，突然想起来，绮翠上午被除的吸血鬼中，有一个名叫小文的少女。

"我叫小茜，跟小文是从小玩到大的朋友。小文她突然成了吸血鬼……那么痛苦，而我却什么忙也帮不上……所以就想着一定要跟巫女大人道谢……"

女孩——小茜愁眉苦脸，再次低下头。

从小玩到大的朋友——小茜的话让空洞渊有些在意。

"难道说，小文变成吸血鬼之前，是你陪她一起去买东西的吗？"

空洞渊打断两人的对话。小茜看着空洞渊，先是一愣，见是绮翠的熟人，便点点头。

"……是的。那天是我陪小文去买东西的。所以后来听说小文变成了吸血鬼，我都不敢相信……"

"不好意思，还要再跟你确认一遍，当时小文没什么异常吧？"

"嗯。听说出了新款和服，我们就在街上逛了逛而已，什么都没买。而且我和小文吃了一样的团子，但最后只有小文成了吸血鬼……我觉得对不起她……"

小茜紧咬下唇，似乎很难受。绮翠将手轻轻搭在她的肩膀上，鼓励她说："没关系，你没做错任何事。这个人是新来的药师——空洞渊大夫，我们现在正在查人突然变成吸血鬼的原因，你放心吧。"

"巫女大人……谢谢您！"

空洞渊心想，怎么能轻易跟人许诺。但毕竟是为了鼓励伤心的女孩，自己还是睁一只眼闭一只眼好了。

小茜冷静下来后便离开了，二人终于吃上了午饭。泡饭上铺着鲷鱼切片和海苔，十分简单，但高汤香气逼人，非常好吃。

空洞渊想，既然有鲷鱼切片，就说明幽世是有海的吧。他本想问问绮翠，但看她好不容易休息一下，这么无聊的问题还是下次找机会再问吧。

也不知是幸运还是不幸，空洞渊在幽世还得再待一段时间。

两人吃完茶泡饭，正准备休息一阵，这时，小茜端来了豆沙凉粉。

"谢谢你，小茜。"绮翠礼貌微笑，"我最喜欢吃豆沙凉粉了。"

"这样啊！承蒙您的喜爱！"小茜乐开了花，"我也喜欢！小文也很喜欢……"

"那等小文好了，我们再来吃。我经常来这里，说不定会碰上呢。"

"小文肯定会开心的！"小茜红着脸探出身，"我和小文一直很崇拜巫女大人……小文变成那样我很难过，不过能像这样跟巫女大人聊天我很开心！"

"你不用这么拘谨……我也不是什么大人物。"

"怎么会！巫女大人总是很美，很优雅，而且很厉害！镇上所有的女孩都很崇拜您！"小茜激动地说。

绮翠垂下眼眸，有些难为情。

小茜盯着绮翠，眼神里满是对她的崇拜。

空洞渊本想说，这位巫女大人曾经为了赚零花钱擅自销售护符，

第三章 进展

结果被幽世最高层的人物训了一顿。但考虑到打破人家女孩的梦想不太合适，便将话咽回肚子里了。

小茜欢悦地盯着绮翠继续说："大家都想变得跟巫女大人一样白！我的肤色本来就黑，怕是不可能……小文她啊，为了早点变得跟巫女大人一样，最近都开始化妆了呢！"

"听你这么说我很高兴，不过不用以我为标准哦。小茜也好小文也好，原本就已经非常可爱了。"

"？"

年轻女孩们的闲聊。

这样再日常不过的景象谁也不会在意——空洞渊却想到了什么。

似乎有什么重要的事——

"空洞渊大夫也一样吧！"

就在空洞渊潜入记忆之海，快要抓住什么线索时，思绪突然被拉回现实。

小茜不知从何时开始就在盯着他看了。

空洞渊实在不好意思说因为自己发呆所以不知道她在说什么，于是便随口回应道："啊，嗯，是啊。"

小茜听后开心地尖叫起来。

"果然是这样！我支持你们哦！啊！抱歉！我不打扰你们了！你们慢用！"

"？"

小茜心情大好，转身离开了。望着她的背影，空洞渊歪了歪头。

本想问问绮翠她在说什么，但他转过头时发现绮翠居然脸颊泛红，怨愤地瞪着自己。

"……空洞渊，没想到你一点羞耻感都没有，我看错你了。那种情况下虽然只能这么说，但若是掀起什么流言蜚语，对你和我都麻烦，不是吗？"

"？"

空洞渊没听懂。绮翠从兜里掏出什么递给他。

"……给你。"

绮翠看着空洞渊，又是害羞又是困惑，神情复杂。空洞渊看向手边，发现还是之前那个符。似乎每次给的符形状都有微妙的不同。

空洞渊打开符，看不出这跟以前是不是一样的东西。昨天绮翠给他那个，空洞渊带在身上也没碰见什么坏事，所以应该不是诅咒用的，只是普通的护身符吧。既然是绮翠的好意，总不能拒绝，空洞渊还是将它收在口袋里了。

只是，听了刚刚那番对话，空洞渊不懂为什么绮翠要给他护符。他本想问绮翠刚才到底说了什么，但不知为何，他本能地察觉到还是不要问为好，于是只好含糊着笑笑，开始吃豆沙凉粉。

寒天[1]上的豆沙减了甜度，非常好吃。

---

1 选用优质天然石花菜、江蓠菜、紫菜等海藻为原料，采用科学方法精炼提纯的天然高分子多糖物质。——译者注

刚刚就快要意识到的事早已飞到了九霄云外。

4

太阳就要下山了。

空洞渊一人在药房席地而坐。

他望着没生火的地炉,陷入沉思。

下午见到的吸血鬼鬼人跟上午差不多。听绮翠说,跟之前的也没太大区别。也就是说,可以按照今天这些人的症状配药。

下午跑了三个地方,绮翠就撑不住了,于是今天的被除工作暂告一段落。空洞渊将迷迷糊糊的绮翠送回神社,然后只身一人来到药房。

除了想确认草药的数量,最重要的是他想一个人思考处方。

空洞渊在脑海中整理今天的情况。

主要症状是贫血,其次是乏力,频繁腹痛。

暂不考虑吸血冲动和肌肉力量增强这种特殊症状。

凭借这些模糊的信息,能开出方子吗?

此刻,空洞渊的脑海深处浮现出《伤寒杂病论》中的记载:

《千金》内补当归建中汤:治妇人产后虚羸不足,腹中刺痛不止,吸吸少气,或苦少腹中急,摩痛引腰背,不能食饮。产后一月,日得服四五剂为善，令人强壮宜。

"——嗯，应该妥当。"

《金匮要略·妇人产后病脉证治》中的《千金》内补当归建中汤在近代处方中常被写作"当归建中汤"。空洞渊叹了口气。

像空洞渊这样"古方派"的"汉方"专家将《伤寒杂病论》奉为圣典。这是约公元200年，由中国名医张仲景撰著的医学典籍，分为阐述急性热感病治疗规律的《伤寒论》和阐述慢性疾病的区别及治疗规律的《金匮要略》。

空洞渊刚刚想到的是《金匮要略》中关于产后妇女频发疾病的记载，简单来说就是针对产后出血导致体力低下、腹痛的这类患者，可以开"当归建中汤"的方子。

"当归建中汤"有六味草药，分别是当归、桂心、芍药、生姜、甘草和大枣。而且这个方子的剂量可根据患者的症状进行调整，如果出血或贫血严重，还可追加地黄和阿胶，增强药效。现在的情况用这个方子最好。

虽然属于"产后病"的药物，但非产后也能服用，男性也可以用。尤其当归具有很好的补血效果，是容易贫血的女性经常服用的一味草药。

这个处方比较温和，可以先试试看效果。

想到这儿，空洞渊赶紧着手准备。

第三章 进展

他试了试角落里放着的天平，还很灵敏，用起来没问题。接着，他打开一旁的木箱，里面放着几个不熟悉的金属制品。金属片呈椭圆形，中间部分左右两边被削掉一点，有些像瓢，几个形状相同，大小各异地摆在一起，应该是秤砣吧。

如果没猜错，这是江户时代广泛应用的"后藤秤砣"，空洞渊只在照片上看到过。秤砣上刻着"十两""四分"，他不知道该怎么换算成克数。

本以为这下束手无策了，所幸空洞渊认识其中一个单位，那就是"钱"。他记得，五日元硬币的重量刚好是一钱，也就是3.75克。

空洞渊担心会出现这种情况，所以特意带了钱包来。他从钱包里取出一枚五日元硬币放在天平的一侧，另一侧放上"一钱"的秤砣，结果天平保持平衡了。

他继续测量剩下的几个秤砣。

看来十分是一钱，十钱是一两，以一钱为基本单位，重量呈3.75克的倍数。虽然麻烦，不过姑且明白了换算方式。

确认完之后，空洞渊穿上白大褂开始配药。说来也巧，被带来幽世的那天，他的包里正好放着一件新的白大褂。空洞渊还不习惯在和服外披白大褂，但为了不弄脏借穿的衣服，也只能忍了。

空洞渊开始工作。要记住每一种草药在药斗的位置极为不易，不过习惯了也就没什么了。他迅速配完了十剂药。

就在这时，耳边响起"砰砰砰"的敲门声。由于注意力太集中，空洞渊吓了一跳，反应过来后，他赶紧起身去开门。

"嘿嘿，我来啦。"

没想到来人是身穿巫女服的穗澄，这让空洞渊有些不知所措。

"你怎么不躺着休息呢？"

"哥哥和姐姐一样，都爱操心，我已经没事了。多亏你俩，我完全恢复了。"

眼前的穗澄的确恢复了以往的样子，虽不能掉以轻心，不过稍微走动走动应该没问题吧。

"哥哥，你在这儿干吗？都这么晚了，姐姐也在担心呢。"

穗澄将手里的灯笼递给空洞渊。空洞渊这才注意到，刚刚还是夕阳西下，这会儿室内已经昏暗了许多。自己注意力过于集中，都没注意时间。

此刻，灯笼显得格外耀眼。

"抱歉，你是来接我的吗？"

"是呀。而且我都躺一天了，也想找借口出来走走。"穗澄吐了吐舌头。

真像她这年龄会做的事，空洞渊忍不住笑了。

"姐姐本来不让我出来的，但得有人来接哥哥。况且她又那么累，就说'真没办法呀'，于是允许我来了。"

"真没办法呀"这话绮翠绝对没说。

"总之，你没事就好，谢谢你来接我。"

第三章 进展

"嘿嘿,不用客气。"说着,穗澄往屋里走去,"哥哥,你的工作还没做完是吗?我是不是打扰你了?"

"没事。我刚好也想收拾一下回去呢。"

空洞渊本来想做一百剂的,但顾及穗澄,只好蒙混过去。他重新想了一下,因为不确定现有的草药数量,而且不知道汉方治疗实际能起多大作用,还是先做少量的药观察一下比较好。

迅速收拾完东西后,空洞渊拿好配完的药,检查好门窗,两人便一起回去了。

不知不觉间太阳早已不见踪影,夜幕降临。虽然是夏天,但这里的晚上却有些冷。

连空洞渊这个大人都对森林深处的黑暗感到恐惧,而年少的穗澄却一点不怕,同往常一样若无其事地说:"哥哥,你真的好厉害呀。一般人不会想到用药治疗感染怪异,就算想到也做不到。"

"……没你说的那么厉害。"

听到穗澄的谬赞,空洞渊将心中所想如实说了出来。

"只要是从现世来的,而且有医学知识的人,应该都能想到吧。更何况这只是我的假设,实际有没有用还得试了才知道。我呀,不过是在毫不负责地显摆自己的现代知识罢了。"

"怎么会!"穗澄拿着灯笼,抬头冲空洞渊笑了笑,"哥哥这么努力,药肯定会起作用的!"

看着穗澄,空洞渊不禁产生了"这个全面肯定的少女一定会让男人变成废物"的念头。

不过，自己心中的不安的确缓解了几分。他再次感慨，自打来到这个世界，真是受到不少帮助。

说起来，有件事空洞渊一直很在意。趁这个机会问一下好了。

"穗澄，你知道这个吗？"空洞渊从口袋里掏出鸟形状的纸片。

"啊！这不是姐姐特制的护符吗！"穗澄欢喜地说，"居然有三个！是姐姐给你的吗？"

"嗯，是她突然塞给我的……这是做什么用的？"

"嗯……说简单点就是护身符。不过这个符非常灵验，做一个就很费时间，没办法量产的。"

"那很珍贵咯？"

"嗯。每一张都是姐姐亲手做的，注入了灵力。上面是不是写了红字？那是姐姐的血。据说御巫巫女的血有很强的灵力。不过我的就没什么灵力。"

看来这东西很稀有。自己明明什么都没做，却拿了三张，真的可以吗？

"姐姐只会把符送给中意的人。至今为止还没有人能在这么短时间内拿到三张呢。这说是求婚都不为过！"

"我觉得言过了。"

穗澄这孩子什么都好，唯一不好的一点就是有重度的恋爱脑。

不过，看来自己没有被绮翠厌恶疏远，那就放心了。空洞渊也并

不讨厌绮翠。

谈话间，两人已经走到神社的石阶了。那里似乎站着一个人。

黑暗中也格外耀眼的红发，幽世少见的女仆装——是金发贤者的侍女红叶。

"啊，红叶！好久不见！"穗澄亲切地叫她。

红叶手拿灯笼，站在原地一动不动，她朝空洞渊行了一礼。

"穗澄小姐，好久不见。空洞渊大人，您安康无事就好。"

"托你的福，我还好。"

"不愧是您，主人一定也会高兴。"

红叶面不改色，只稍微歪歪头。这么想或许不礼貌，绮翠虽然不怎么表露感情，但总比这个女孩强些。

"你在此等候，是找我们有事吗？"

"是的。馆主大人托我带话。"红叶面无表情地说，"'请主人将今日制作的药交给红叶，我会负责分发给还未接受治疗的吸血鬼鬼人'。"

"——啊，这样啊。帮大忙了。"

金丝雀一定是用千里眼看到了吧。空洞渊虽然配好了药，但一直烦恼该如何及时送到感染怪异的患者那里，既然她愿意负责送药，那自己就可以专心配制了，一举两得。

"那就拜托了……我还有几件事想拜托你。"

"您说。"

"首先是选择十位超过五天及以上才能被除感染怪异的人，每人发一剂药。不论年龄、性别、病重程度，最好是有一定体力，能喝药的人。"

"好的。"

"还有就是服用方法……穗澄，一合相当于喝水的茶碗装一杯的分量吗？"

穗澄将食指抵在下巴上说："嗯，差不多。"

看来这边的体积单位也可用。

"一袋药是一天的剂量，先将袋里所有的药放进珐琅锅或土锅里，然后倒两合水，煮至只剩一半左右，将煮好的药滤出，一日分三次温服。"

空洞渊记得原文是说一斗煮至三升服用，但不现实。因为他无法直接指导患者服药，所以就选择了简易煎药法，煮至一半的量。自己虽然是古方派，但也需要变通。

"第一次煎药可能会觉得难，差不多就可以了。麻烦你告诉大家放松去做就行。还有，暂停服用大蒜，因为服用过量会加重贫血，还会胃疼。如果患者实在难受，一天最多允许服用一瓣。"

"好，我记住了。"

红叶恭敬地低下头，从空洞渊手里接过药。

"第二天和第三天我想重点观察一下这十个人，如果他们有什么变化还请通知我一声。另外，我从明天开始还会接着配药……如果你

第三章 进展

忙着给大家发药，就由我将药送到大鹄庵吧。"

"您不必担心，明天开始我会去药房取药。"

"真的没关系吗？我觉得这对女孩子来说劳动量还挺大的。"

红叶跟穗澄一样，身材小巧，胳膊纤细，空洞渊有些不放心。但她本人却毫不在意地回答："我很擅长体力活。"

说着，红叶转过身去。

空洞渊这才注意到，她身后背了一个巨大的板斧，跟金太郎[1]背着的差不多，怕是连空洞渊都拿不起来。用这个东西当夜间外出的防身武器也过于夸张了。

既然若无其事地背着这样骇人的东西，这个少女果然不是常人，空洞渊也就无须担心了。

"好，那就麻烦你了。"

"您放心吧。"

"我还有一件事想拜托金丝雀……能告诉我哪里可以采到草药吗？现在库存不太多，我有些担心……"

"好的。我马上确认，然后答复您。"

红叶淡然说完，便告辞了。

望着红叶小小的背影，穗澄喃喃地说："红叶为人稳重，多好呀，我也得再稳重些。"

"……客观地说，红叶也好，绮翠也好，都有些稳重过头了。你

---

[1] 日本民间传说中居住在足柄山上的人物，力大无穷。——译者注

这样就好。"

"啊——真的吗？"

"嗯。你这年纪的孩子应该多增长些见识，诚实表达自己的感想，丰富自己的情绪，不断成长。"

"姐姐小时候也跟现在差不多哦。"

"……"

空洞渊可不能说是情操教育失败了。他好歹是个社会人，自然不会对自己的救命恩人说出这样没有礼貌的话。

"绮翠肯定是因为有你这个妹妹，出于做姐姐的责任感，才早早变得成熟稳重的。所以，你也不用在意这些，真实做你自己就好。"

"这样啊。"

穗澄有些诧异，最后放弃纠结了。

"我肚子饿了，咱们早点吃饭吧。今天有人送来了鳗鱼，我准备做烤鳗鱼！好久没处理过鳗鱼了，也不知道能不能处理好……行啦，快走吧！"

穗澄开心地拉着空洞渊的手爬上石阶。

已经记不清自己有多少年没吃鳗鱼了。空洞渊一边想着，一边期待着今天的晚饭。他与年纪轻轻、体力充沛的穗澄一起，努力爬上石阶。

第四章 结束

第四章 结束

1

自那之后已经过去一周了。

这一周简直忙得不可开交，用"愤怒的海浪"来形容都不为过。

空洞渊坐在药房的地炉前，一边休息喝茶，一边回想这一周的时光。

从结论来说，空洞渊配制的当归建中加地黄阿胶汤对吸血鬼的感染怪异有一定的效果。

这药虽没法根治感染怪异，但能缓解患者的痛苦，患者的家属非常高兴。在绮翠他们这些驱鬼师被除怪异之前，能多少减轻患者的痛苦，就已经值得了。包括最初观察的十人在内，空洞渊至今已经为二百多位鬼人开具处方药了。

有金发贤者作保，大家也放心。不过空洞渊从没想过会有这么多人服药，着实吃了一惊，总之有效果就好。他松了一口气，但要放松还为时过早，接下来必须要加大药的产量了。

能配药的只有空洞渊一人，他从日出工作到日落，忙得昏天黑地。所幸金丝雀准备了大量草药，空洞渊只需专心配药。金丝雀没收取任何草药的费用，加上事态紧急，连药也是免费分发的，这样一来她的负担就大了。但金丝雀本人却高兴地表示"能救人就值了"。空洞渊不禁感慨,虽然她不是人类,但人情味十足。

自那天起,红叶每天三次来取药、送药,终于将药送到了极乐街所有感染怪异的患者手里。

由于患者需要定期服药,而且镇上还会出现新的感染怪异患者,所以配药的工作还要继续,但镇上的人总算安心了许多。

本应趁局势相对平稳的现在查明吸血鬼感染怪异的原因,却进展不顺。

目前可以肯定的是,这次感染不像普通的感染,并非通过空气或飞沫感染。

吸血鬼的感染怪异究竟是如何自然发生的呢……如果不查明原因,"吸血鬼症候群骚乱"就不会结束。这件事至今让空洞渊感到烦恼。

不过,空洞渊只是个普通人,能做的只有配药来减轻鬼人的痛苦。如何结束这场骚乱,就交给绮翠他们这些"专家"吧。

虽有不甘,但也没办法。空洞渊只能默默地做自己的工作。

"——空洞渊,怎么样了?"

这时,绮翠来药房了。自从开始配药之后,绮翠就担心空洞渊,经常像这样来药房看看情况。这对还未适应幽世生活的空洞渊来说是件好事,但说实话,占用了绮翠珍贵的时间,他也觉得过意不去。

空洞渊曾跟绮翠说过自己的担心,而她却没当回事:"不用在

第四章 结束

意，是我自己想这么做的。"所以现在空洞渊也由着她。

"你来了。我正休息呢。"

"是吗？叨扰了。穗澄待会儿也过来。"

绮翠走进店里，跟到了自己家似的。现在正是过午时分。这几天绮翠和穗澄每天都来药房跟空洞渊一起吃午饭。

不管怎么说，空洞渊心里还是很高兴的。

"我刚在街上听说，所有吸血鬼的鬼人都领到药了，真厉害。"

"我只是配药而已。了不起的是发了两百多份药的红叶。"

"红叶当然很努力，不过最劳苦功高的是你哦。说实话，我没想过能做到这份儿上，连我都这么说了，你也该自豪一下。"

既然恩人都这么说了，那就自豪一下吧。空洞渊苦笑。

"……谢谢，我辛苦也值了。"

"不过话说回来，汉方好厉害呀。大家都很高兴，我也觉得骄傲。"

"毕竟'汉方'不论病因，只根据病症开药。我本来也担心能不能起作用，现在看到有用也就放心了。但我也只是缓解了症状，为你们的祓除工作争取时间。"

"话是这么说，但灯大夫之前可没这么做。"

"不，我想之前的药师也做过类似的工作，只是大家都没注意罢了。我们这些汉方专家就算不知道发病原因，也能缓解病症，他治疗过的人里应该也有鬼人。"

"……是吗？"绮翠歪歪头，似乎不太理解。

119

这时，大门一下打开了。

"姐姐，哥哥，久等了！刚碰上邻居耽误了——"穗澄急忙脱掉鞋子走进来，"嗯？两人在聊什么呢？聘礼吗？"

"——穗澄。空洞渊可是孤身一人从现世来的，御巫家现在也就你我二人，所以不需要聘礼。"

"说的也是啊——"

"这怎么就接上话了……"

从头到尾连"结婚"两个字都没提。这个可爱的妹妹一瞅准机会就撮合自己和绮翠，不能掉以轻心。想起前几天还上了穗澄的当，差点在绮翠洗澡的时候进了浴室，绮翠那时候也是，还不忘调侃："——我不介意。你要来跟我一起洗吗？就是有点挤。"当时的空洞渊慌忙从浴室逃了出来。

脑海中闪现绮翠雪白的肩膀，空洞渊赶紧摇摇头。

"——总之，谢谢你带饭过来，我去倒茶。"

"啊，我来倒就行。"

"穗澄你坐着吧，在这里你是客人。"

空洞渊熟练地倒了三杯茶。

地炉前铺满了穗澄带来的便当盒。空洞渊在现世的时候，午餐只吃便利店的饭团，可以说是天差地别了。更何况一起吃饭的还是镇上公认的美人姐妹花。如此幸运，就算死后任神宰割也值了。

三人围着饭盒开始吃饭。

第四章 结束

空洞渊边嚼着梅子饭团边说："——比起我，绮翠才更让人担心啊。你每天都工作到耗尽最后一丝力量，可别逞强啊。"

"我没事。"绮翠若无其事地说道。

见空洞渊一直盯着自己，她有些难为情："……别这么看我。我知道了，我跟你说实话，确实在逞强。但不这样被除不完，我也只能硬着头皮做了。"

绮翠说的也没错，只是她若倒下，那就不值当了。这种情况真是难办。

"姐姐……你是不是有点着急啊？"穗澄担心地问道。

"是有些着急。"绮翠点点头，"必须尽快查明原因。"

"……还是不清楚原因吗？"

"是啊，很遗憾。还是只知道鬼人的共同点多为年轻女性这一点。难不成是深更半夜去做丑时参拜[1]了？"

绮翠向妹妹投去怀疑的目光。

"我可没有！姐姐，你别瞎说哦！"穗澄慌忙否认姐姐的话。

"多为年轻女性这一点确实让人在意呢。是不是有什么流行的咒语或者护符之类的……我不怎么赶潮流哦。"

不知为何，穗澄的话让空洞渊有些在意。

"说到流行，哥哥的药倒是挺流行的。我听说那药对痛经也管

---

[1] 丑时（凌晨两点左右）去神社将稻草人钉入神木诅咒怨恨的人。——译者注

用。鬼人的家属试着喝了一下就没事了。"

"嗯，一般来说对女性腹痛都会起作用。不过也不一定百分百有效。"

其实这药原本就是这么用的。

"这样啊，真是厉害。"绮翠感慨道，"药材就是随处可见的草和食物吧？"

"倒也不是随处可见的草……"

有些还是比较珍贵的药草——后半句话，空洞渊没有说出口。

"不过有很多食物啊。药方里的大枣不就是枣晒干后再切碎的吗？"

"欸，用了大枣啊！糖渍大枣很好吃。"

穗澄神情舒缓。虽然表面上看起来是个可靠的人，但爱吃甜食这一点跟同龄人一样，真是可爱。

"那也就是说，大枣原本就有药用价值咯？"

"大枣有强身健体、镇静舒缓的作用。当然，只用一种药效甚微，所以要跟其他草药组合才能加强药效。"

"这样啊，好厉害。"穗澄饶有兴致地说，"那也用了大蒜吗？"

"大蒜嘛……我的方子里没用，偶尔倒是会用薤白、葱。大蒜一般是民间的偏方。"

"也不是什么都能用啊。"绮翠也兴致勃勃，"那大蒜没有药效吗？"

第四章 结束

"姑且有强身健体、杀菌的作用……但可能是因为大蒜味道太冲,不能跟其他草药搭配,所以不用。"

这么说来,空洞渊之前从未想过古方为什么不用大蒜。由于大蒜被禁止与部分处方并用,所以他下意识地将大蒜排除在草药之外了,但现实是,大蒜对人体的影响也是不容忽视的……空洞渊心想,汉方真是深不可测。

"不过,'汉方'虽然不用大蒜,但近代医疗还挺重视的。大蒜被用于各种研究中,发挥提高免疫力、预防部分癌症的作用。只是大蒜有溶血作用,所以吃多了反而不好。我看过一篇很有意思的文章,是关于大蒜中的硫化合物对重金属的解毒效果——"

空洞渊想起以前看过的一篇学术杂志上的内容,突然愣住了。

见空洞渊突然不说话了,绮翠和穗澄满脸疑惑。空洞渊没在意她们的目光,只是沉浸在脑海中突然闪过的另一件事中。

讨厌光的吸血鬼,贫血与腹痛,女性居多,吃大蒜缓解,通过物传播的感染怪异,为大众熟知的怪异。

所有线索都指向一个结论。

居然真有这样的事?

空洞渊想极力否定,但最终抵不过新的理论。

那也就是说,这场"吸血鬼症候群骚乱"的真相是——

空洞渊猛地站起身,手里还拿着没吃完的饭团。

见空洞渊突然行为怪异,绮翠她们疑惑不解,但空洞渊可管不了这么多了。

"我问你们,这次变成吸血鬼鬼人的男性是做什么工作的?"

"欸……欸?男鬼人?稍等啊,我记得之前听说过……"

穗澄闭上眼睛,双手食指抵在太阳穴上,试图想起什么。

"啊,我想起来了!我只记得有一个是歌舞伎演员!"

——歌舞伎演员。

空洞渊心中所有的想法连到了一起。

"绮翠!穗澄!我们要出去一趟!"

不等二人回答,空洞渊迅速往门外走去。他将手里没吃完的饭团硬塞进嘴里咽下。

"空洞渊,到底怎么了?"

"哥哥!等等我啊!"

两人赶忙跟上,一同前往镇上。

"你突然不说话,陷入沉思,然后又跑出来,这是想到了什么?至少解释一下啊。"

难得见绮翠感情外露,说着自己的不满。空洞渊瞥了她一眼,说:"我知道感染怪异的原因了。"

"……空洞渊,你说真的?"绮翠感到诧异。

空洞渊用力点点头。

"嗯,我是认真的。只不过还没有直接证据……现在可没时间说三道四,咱们得快点。穗澄,麻烦你带路。"

第四章 结束

"欸？！我？"突然被叫到名字，穗澄吓了一跳，"我们要去哪儿呀？"

空洞渊严肃地回答道："最近比较火的那家化妆品店。"

2

午时的大街上还是一如既往的热闹，跟过节似的。

或许是空洞渊配的药起了作用，大家脸上的紧张和愁苦缓和了不少。

美丽的巫女姐妹花，再加一个身穿小袖[1]、外披白大褂的男人，这样奇怪的三人组急匆匆地走在大街上，瞬间吸引了众多目光。若是平时在这街上走，讨人喜欢的穗澄早就被各种人搭话了，而这次却没有一个人喊她，只是在远处静观。

在穗澄的带领下，三人来到了目的地。商店挂着店幡，还在销售那款畅销化妆品。

空洞渊拜托女店员把店主找来。

女店员察觉到不寻常，赶紧去里面找店主，不一会儿就有一个打扮精致、个头不高的中年男性赶来了。

"这、这不是巫女大人和药师大人吗！神社的各位大人今日光临小店，有何要事呢？"

---

[1] 较为休闲轻便的和服，特点是交领斜襟，袖口收祛。——译者注

"店主您好，我是药师空洞渊雾瑚，初次见面就说这话实在惶恐，其实我今天有一事想拜托您。"

"这、这样啊……是、是什么事呢？"

店主恭恭敬敬，眼神却飘忽不定。空洞渊正想着该如何开口，最后决定开门见山。

"您店里贩卖的化妆品很可能就是导致人变成吸血鬼的原因，我希望您能停止销售。"

"空洞渊，你这也太突然了……"

就连绮翠也看不下去了，赶紧打断他的话。店门口不知何时起聚集了许多人，他们都很惊讶。空洞渊本不想把事情闹大……但没办法。

突然听到无理的要求，店主脸上瞬间泛起不悦，但下一秒就挂上了商人的面孔，赔笑道："瞧您说的，这是什么话……化妆品是导致人变成吸血鬼的原因？闻所未闻，您是不是弄错了？"

"没有，或许难以相信，但这样一来就都对上了。您知道现在镇上急剧增多的吸血鬼大多是女性吗？都是日常会化妆、喜欢用化妆品的人。"

"来购买小店化妆品的确实多为年轻的女性客人，可这跟吸血鬼有什么关系呢？"

看来只凭这两句说服不了店主。

由于说来话长，空洞渊原本只想简单解释一下，试图取得对方的

第四章 结束

理解，但商人可不好对付，这样畅销的东西，哪能说不让卖就老老实实不卖呢。毕竟得养活自己和店员，这也是没办法的事。

"——我先说结论。"

空洞渊不得已说起了这场骚乱的真相。

"这次吸血鬼骚乱的原因，不是吸血鬼。"

"不是吸血鬼？"

一旁的绮翠惊讶地歪着头。

"究竟是怎么回事？那我之前被除的感染怪异又是什么呢？"

"绮翠，你们之前被除的感染怪异本身的确是吸血鬼化这一症状。但那是由人们的误解产生的，本质上与吸血鬼完全是两回事。"

空洞渊顿了一下，转变话题方向。

"咱们回想一下这场骚乱的过程。一个多月前，镇上突然出现吸血鬼的传言，之后'吸血鬼'的数量急剧增加。可是，幽世原有的真正的吸血鬼早在几十年前就失去了力量，与本次事件毫无关系。而且奇怪的是，不管实际上有没有吸血的行为，'吸血鬼'的数量都只增不减。尽管没有特定的传闻，原本正常生活的人却在某一天突然就变成了吸血鬼，这种情况实属罕见。那么，为何这场吸血鬼骚乱没有通过吸血行为扩散呢？"

"就算你问我我也……"可怜的店主支支吾吾，"妖怪、鬼魂这一类东西，本就与我们常人无关。更何况这些东西……不都是自己产生的吗？"

"是啊,但思考原因是很重要的。为何它们会产生呢?这是有明确理由的。那就是——这个幽世的常理。"

在这个世界上,人的认知会改变现实,那么追根究底,认知产生的原因就非常重要了。

这里并非跳脱常识、有什么都不奇怪的世界,相反,这里被严格的"规则"支配,是在常识范围内的世界。

"吸血鬼原本是通过吸血来增加同伴的,但在这场骚乱中,吸血的目击情报少之又少。明明没被吸血,鬼却只增不减。这是矛盾的。要解释这奇怪的龃龉,必须转变思考方式。"

"转变思考方式?"一旁的绮翠歪着头问,"此话怎讲?"

"也就是说——"空洞渊舔了舔干燥的嘴唇,"这本来就不是吸血鬼。"

周围的听众躁动起来。

按常理说确实是这么一回事,但这样的想法与直觉是矛盾的。大家都以为是吸血鬼的东西,却不是吸血鬼。那——人们认知的"东西"到底是什么?

"与大家认知里的吸血鬼的状态极为相似但却完全不同的东西……就是这场骚乱的关键。"

"那……就回到原点了啊。"绮翠叹了口气,"我一直在追踪吸血鬼这一实体,从一开始就错了啊……可是,照这么说,这次吸血鬼骚动到底该怎么解释呢?"

第四章 结束

空洞渊看了一眼绮翠，又将视线转移到店主身上。

"在人群中蔓延的并非吸血鬼。"空洞渊微微咧嘴，说道，"——是卟啉病。"

周围一片寂静，应该是没听懂空洞渊的话吧。

穗澄战战兢兢地打破沉默："卟……卟啉？那是什么？"

穗澄一脸困惑，空洞渊冲她微笑道："卟啉是影响我们身体造血的重要物质。出于各种原因，我们的身体无法正常造血，导致血液不足，卟啉等中间化合物在体内积蓄，于是我们的身体就会出问题。常见的症状有贫血、腹痛和畏光。"

"你的意思是，大家以为是吸血鬼的怪异，其实是疾病？"

"说对了一半。"空洞渊点点头，"一开始大家的确是因为卟啉病才身体不适的，但巧的是，这病跟大家认知的吸血鬼的特征一致，于是便产生了新的感染怪异，同时具有卟啉病和吸血鬼的特征。"

"噢——"围观的群众纷纷发出惊叹。

以腹痛为主要病征的急性卟啉病和以光过敏症等皮肤病为主要病征的皮肤卟啉病并发的情况本来是极少的，但这次吸血鬼骚乱的相关人员同时出现这两种症状，只能认为是人们的多种认知重叠，产生了感染怪异，形成新的吸血鬼特征。

只是，在现实世界中，将卟啉病跟吸血鬼挂钩是赤裸裸的歧视。

空洞渊作为现代人的人权意识，反而害他到现在才意识到如此简单的真相。不过，他做梦都没想过，两种或两种以上不同类型的卟啉病能结合形成新的感染怪异，这也难怪。

"空洞渊大夫，您先等一下……"面对事态突如其来的发展，一头雾水的店主打断空洞渊，"将流行病误以为是怪异，才导致感染怪异产生，这我能理解，可这与我的生意有什么关系呢？"

"这并非单纯的流行病。"空洞渊不慌不忙地说，"而是由明确的因素引起的症状。只有根除病因，才能彻底消灭流行病。"

"那这明确的因素到底是——"

"就是化妆品。"

听了空洞渊的话，店主、绮翠和众人都惊呆了。

"这么简单的事我居然现在才察觉，真是够蠢的……一切缘由都在化妆品上。我之所以这样判断，是因为'鬼人'多为年轻女性，以及极少数男性歌舞伎演员。"

"可是空洞渊，这化妆品为何会成为流行病的病因呢？"

绮翠一脸疑惑。她一定是在利用对自己的恐惧，一边察言观色，一边扮演合格的倾听者吧。空洞渊不习惯这样的场面，多亏有她。

"这个化妆品里恐怕含有对人体有害的重金属，比如水银、砒霜、铅之类的。卟啉病也会因为接触曝露在外的重金属而发病，可以通过吃大蒜暂缓症状。因为大蒜含有的硫化合物能够促进重金属排出体内。其实一般不会即时生效……也许是跟吸血鬼的特征重叠了，才会见效这么快。只不过，认知形成后，仅仅是用了化妆品也会引起'吸血鬼化'，与重金属和卟啉病无关。"

第四章 结束

听了空洞渊的解释，人群中泛起阵阵感叹。

最后，空洞渊下了结论："综上所述，镇上流行的化妆品中含有的重金属导致新的'吸血鬼感染怪异'的产生，结果极可能使得'化妆就会变成吸血鬼'这一潜在认知扩散。也就是说，只要停止销售和使用化妆品，这场吸血鬼骚乱自然就会平息。"

围在店前的人群鸦雀无声。空洞渊的解释中掺杂了他们陌生的词汇和概念，很难保证在场的所有人都听得懂，但……至少他们也不是完全不理解，于是空洞渊决定静观其变。理论上，他的解释几乎可以说是完美的。

店主抱着胳膊听空洞渊解释，面露难色，他皱了皱眉头反驳道："不过啊，大夫，就算你这么说……巫女大人的奇迹，我尚能理解。但您刚提到的砒霜，化妆品里真的有这些吗？神秘或怪异存在于世，肉眼可见。但您要我们相信看不见的东西，这有点……"

人群中传来赞同店主的声音。

"……"

——这就是幽世的现实。

理论至上只是空洞渊的一厢情愿罢了。

现实更为复杂，大家想法各异，无法一概而论。

他们或许是一时冲动，不能理解，空洞渊也没资格责怪他们。

的确，现实情况是这款化妆品非常畅销，镇上的女人无一不喜欢，而且有不少幸运之人用了化妆品也没得感染怪异。

这里是幽世——神异居于科学与理论之上，即使存在像店主和围观群众这样不接受空洞渊说辞的人也不奇怪。他们无法理解空洞渊的理论。

空洞渊好不容易推论至此，如今只觉得心急。

不过，如果空洞渊的假设成立，那些目前健康的人终有一天也会感染，到时再采取行动就为时过晚了。

空洞渊攥紧拳头，不甘之情涌上心头。

应该先收回化妆品，分析成分，拿到确凿的证据，然后再要求店主下架。但幽世缺少实验药品和器具，要出结果得花上不少时日，患者只会越来越多。

为避免这种情况，空洞渊才早早采取了行动，可这反而导致理论的说服力不够。至少目前为止，空洞渊的说辞毫无证据，只是假设而已。

店主可不会在听完空洞渊的长篇大论后就乖乖将商品下架。他估计也是从某处进货销售的，为了生计也不会服从。没办法，谁让空洞渊的解释没有说服力呢。

"我说，店主，能不能稍微听听他的话呢？"

绮翠或许是看不下去了，向空洞渊伸出了援手。

"金丝雀也非常信任空洞渊大夫。突然说这话，我知道您很难理解……就当是为了街坊邻居，帮帮忙，哪怕先暂时停售一周也好。如果吸血鬼的数量有所减少，不就能证明大夫说得对了吗？"

第四章 结束

"这……巫女大人，小人惶恐。"店主面露难色，"我们也想尽心尽力协助巫女大人，只是……如果一周过去了，没有任何变化，我们就要承担巨大的损失了。亏损大概在一两……不，二两左右。届时巫女大人的神社可以赔偿吗？如果您答应，我们愿意服从这个决定。"

"呃……这个嘛。"

绮翠没想到会被店主反将一军，一时不知该说什么。二两可不是小数目，足够一整年吃喝玩乐了。赔偿的可能性虽然极小，但也并非完全没有，不能轻易答应。

店主遗憾地摇摇头："如果连神社都不肯救济我们，那今日恕难从命。各位请先回去吧，改日咱们可以再谈条件，我们也会尽最大努力配合。"

空洞渊他们的形势越来越不利，围观群众也投来异样的目光。

目前这种情况实在没法强行让店主答应下架，搞不好连神社的风评也会变差，给绮翠的驱鬼工作带来影响。但若就此罢手，怕是还会出现新的感染怪异。

必须尽早下架这款化妆品，让大家明白它的危险性才行。

那——

既然理论解决不了，就只能赌一把了。

"店主，如果您亲眼看到使用了这款化妆品后变成'吸血鬼'这一神异之象，那是不是就愿意停止销售了呢？"

听空洞渊这么一问，店主搓搓手笑着说："当然，当然，大夫，我们也不愿看到'吸血鬼骚乱'继续下去。如果真能证明这款化妆品就是骚乱的原因，我愿意遵从您的指示，立即停止销售。还请您理解，我可不是故意刁难您。"

"好的。很抱歉给您添麻烦了。"空洞渊深深鞠躬，"那能请您卖我一个化妆品吗？就当是我赔罪了。"

"当然没问题了。"

店主笑眯眯地将化妆品递给空洞渊。空洞渊付过钱后，接过商品。外壳是陶器，形似贝壳，非常漂亮。

空洞渊轻轻打开盖子，里面满是雪白的粉。

空洞渊看了一眼肇事的元凶，然后下定决心。

"……绮翠。"

"怎么了，空洞渊？"

"很抱歉，你这么累我还麻烦你。你现在还有力气再被除一个人的感染怪异吗？"

"怎么这么突然？一个人还是绰绰有余的。"

绮翠不知道空洞渊想做什么，不解地看着他。

听绮翠这么说，空洞渊总算放心了，他微微一笑。

"那——之后就拜托你了。"

说完，空洞渊突然将陶器里一大半粉末倒进嘴里，然后取下挂在腰间的竹筒，就着里面的水咽了下去。

第四章 结束

***

空洞渊突然将化妆品倒进嘴里的怪行把绮翠吓坏了。

"空洞渊!你在做什么?"

如果空洞渊的假设成立,化妆品就等于是毒药,皮肤慢慢吸收尚且不算严重,但直接放进嘴里,谁也不知道会发生什么。

空洞渊痛苦地跪在地上,单手抓住绮翠。似乎是让她好好看着。绮翠没有医疗知识,不明白空洞渊这是在做什么。不,就算有,恐怕也理解不了吧。

他为什么要这么做呢……绮翠只能静静观望,跪在地上的空洞渊身体突然颤抖起来。

"哥哥,撑住!"

穗澄不忍,奔向空洞渊,围观群众也躁动起来。

店主也没想到会这样,惊慌地看着空洞渊。

突然,空洞渊的颤抖停下了。这是……没事了?

在众人的注视下——空洞渊缓缓抬起脸。

明明刚刚还面色红润,现在却像个死人一样惨白。

人群中,有人屏住呼吸。

空洞渊环视一周,咧嘴一笑。

只见他嘴里新长出了尖牙。

这样子完全就是如今在镇上闹得沸沸扬扬的"吸血鬼"。

没想到空洞渊是打算以自身证明化妆品就是造成"吸血鬼"怪异的原因所在——

绮翠终于明白了空洞渊的意图。这个名叫空洞渊雾瑚的男人毅然决然这样做，令绮翠不免生出敬畏之心。

即便是在怪异横行的幽世，也几乎无人敢做出这样超乎人知，甚至可以说是离经叛道的选择。

"啊！"

穗澄哀叫一声。只见空洞渊将在一旁照料自己的穗澄按倒在地，难不成是要吸血——

绮翠有意无意地向空洞渊撞过去。虽然两人体型有差别，但多亏惯性，空洞渊被撞到了一边。紧接着，绮翠扑过去骑在空洞渊身上。

空洞渊挣扎着，力气大得惊人。绮翠虽是专门被除邪祟的人，但也没法长时间制住他。

绮翠突然想起空洞渊刚才说的话。

"那——之后就拜托你了。"

原来是这个意思——绮翠总算懂了。

空洞渊早就预料到会这样了。

绮翠不免心中悔恨，因为空洞渊会这样做的原因之一在于自己。

如果绮翠刚才接受店主的提议，也就不会这样了。就因为她不愿出那二两，空洞渊才不得不以自身证明化妆品的危害。

第四章 结束

绮翠对空洞渊还是信任的——只是没有坚定地信任他。

就因如此，他现在很痛苦。

都是因为绮翠，都是为了她。

——对不起，空洞渊。

一瞬间，绮翠下定了决心。

她用双膝控制住空洞渊，拿起腰间的白鞘小太刀。

灵刀——御巫影断。

这是御巫神社代代相传的灵刀，能斩一切怪异。

空洞渊本能地察觉到危险，使出一股怪力将绮翠扔出去。没想到他在这种状态下还能使出全力逃脱。绮翠被扔到半空中，一个回旋平稳落地。

变成"吸血鬼"的空洞渊将绮翠视作眼前唯一的敌人。他瞪着绮翠，目光如炬。

绮翠心想，这可麻烦了。

或许是因为她之前被除的"吸血鬼感染怪异"都是通过涂抹化妆品产生的，所以只需做表面的被除即可。可以说是比较低级的怪异。

但眼前的空洞渊因为吃下了感染怪异的源头，所以感染程度很深。

灵刀"御巫影断"虽说是只斩怪异的灵刀，但要作用到身体内部需要发挥十二分的力量才行。

如果在灵刀觉醒不充分的情况下挥刀，空洞渊会没命的。

这绝对不行。

——只能、这样了。

绮翠右手拔出灵刀，左手取出一个小巧的神乐铃。

调整呼吸，集中精神。

哗——神乐铃发出清脆的响声。

变成"吸血鬼"的空洞渊已经长出尖锐的长指甲，轻而易举便可将人撕碎。他朝绮翠袭来，被轻盈地躲开了。

——诚惶诚恐祈唤伊邪那岐大神

绮翠咏唱祈祷。

空气中弥漫着庄严肃穆之气。

"吸血鬼"感知到周围的变化，疯狂地张牙舞爪，但却没有一次碰到巫女，只是划过空气。

——于筑紫日向橘小户阿波岐原

铃音有规律地哗哗作响。

吸血鬼总算注意到绮翠不只是单纯在躲避，而是在跳神乐之舞。他张开双臂扑向绮翠，企图打断她的舞。

第四章 结束

绮翠轻踩一脚，腾空而起。

哗、哗、哗……

空中的巫女继续摇神乐铃，跳神乐舞，似在嘲讽在地面挣扎的吸血鬼。

——被禊祛秽时所生被戸大神等

绮翠轻轻落地。"吸血鬼"瞄准这一瞬间，扫腿攻击，但却被轻易避开了。

刀身散发出淡淡的光芒。"吸血鬼"注意到气氛不寻常，攻击越来越慌乱。

——若有诸多祸、罪、秽

"吸血鬼"用利爪连击三次，次次瞄准要害，而绮翠早已识破。这样的反应速度非常人所及，甚至可以说是神附体。

——愿神等能听吾之祈求，大显神通，除祟净化。

所谓神乐，就是"神座"，即"神居之所"。起源于日本最古老的神话传说——天照大御神躲到天岩户中时，天宇受卖命[1]在天岩户外献舞[2]。

神乐是向神献舞，请神降临。

现在，神明附在绮翠的身体里，必然有超乎常人的能力——

——诚惶诚恐，诚惶诚恐。

祈祷完毕。

完整的咏唱结束，灵刀的力量完全释放出来。此刻的御巫影断能斩一切。

绮翠收起神乐铃，第一次用两手握住刀柄。

她将刀尖对准"吸血鬼"，横过刀身。右半身往后倾，右脚撤出一步。

刀刃对天，刀锋向地，只用左半身与敌人对峙。这是必杀技的架势。

---

1 《古事记》中记述为天宇受卖命，《日本书纪》中则记为天钿女命，是日本神话里出现的女神。——译者注

2 天照大御神是日本神话中诸神的住所"高天原"的统治者。传说天照大御神有一个喜欢恶作剧的弟弟——须佐之男命。天照大御神被弟弟惹怒，生气躲到天岩户中，世界瞬间变得一片昏暗，寸草不生。诸神因窘不已，于是商量着在洞窟前开个祭典热闹一番。于是天宇受卖命在天岩户外献舞，这才将天照大御神引出来。——译者注

第四章 结束

冰雪般清冷的斗志缠在绮翠身上,她将其化作刀。

"吸血鬼"被绮翠的气势镇住,有些犹豫。但不管怎么说,要逃离这里只有打败眼前这个人,于是"吸血鬼"再次扑过去。

"吸血鬼"敏捷地逼近绮翠,用最快的速度挥动尖锐的爪子。他的攻击极为迅猛,若有一下击中绮翠,她那纤细的身躯怕就要承受不住,粉身碎骨了。绮翠接住"吸血鬼"的攻击,朝"吸血鬼"的水月——心口一刀刺去。

攻击的瞬间,绮翠看了一眼空洞渊。他平时性情温厚,几乎不会生气,而如今却失去理智,赫然狂怒。

绮翠心中一紧。

空洞渊,我现在就救你。

在这危险的一刻,绮翠终于明白了自己心中缠绵萦绕的情感到底是什么。

那是……

她暂时按下心中的温热,握住刀柄,毫不犹豫地刺去。

这至高无上的完美一击击中了"吸血鬼"的身体。

"吸血鬼"被刺穿腹部,直击根源,无力地挥舞手脚。然后,"吸血鬼"——空洞渊一动不动了。

人群中传来哀号。

这也难怪,这么看来就像是绮翠杀了空洞渊。

但——

绮翠轻轻收回小太刀，刺穿空洞渊后背的锋利刀身渐渐消失了。她将小太刀完全拔出时，刀身竟滴血未沾。被刺穿的空洞渊也一样。

人群闹闹哄哄。

毕竟本该受到致命伤的空洞渊如今却完好无损，这也难怪，释放出真正力量的御巫影断只斩非人之物。也就是说，绮翠祓除了他身体内部的怪异，而他的肉体完好无损。

绮翠胡乱地用袖子擦拭额头的汗。

她非常疲惫，但看到空洞渊刚才如死灰一般的脸渐渐恢复血色，她觉得好受多了。

看来已经顺利将空洞渊体内的怪异祓除了。

绮翠轻轻将空洞渊放在地上，收回小太刀。

人群的嘈杂声越来越大。

"——如您所见。这下您知道这化妆品有多危险了吧？"

见了刚刚这一幕，再也难说化妆品跟吸血鬼无关了。空洞渊以身犯险制定的作战计划奏效了。

穗澄着急忙慌地跑到空洞渊身边。

绮翠将空洞渊交给妹妹，整理了一下巫女装束，再次看向店主。

店主被绮翠冰冷的眼神吓住，哀号一声，垂下头说："我知道了……我马上下架商品，告诉街坊邻居不要再用了。没想到会变成这样……给药师和巫女大人添麻烦了……"

"别在意。错不在你。"

第四章 结束

"不……我们做生意的讲究信誉第一……如果大家知道这场骚乱的原因之一在于我们,那就没有客人愿意来了……自作自受,我也认了。"

店主忧心将来,眼泪都快掉出来了。

"只是……化妆品还剩好多库存……这样下去我们只能关门大吉了……"

"这……实在可怜。"

连绮翠也不免泛起同情心。店主也不过是将买进的商品再卖给顾客,绝非有意传播"吸血鬼感染怪异"的,也算是这场"吸血鬼骚动"的受害者之一。

绮翠想,要不要神社将化妆品全部买下,就当是救济他了。但她们也要生活,不可逞强。

尤其穗澄正是长身体的时候,可不能饿着她。

就在绮翠烦恼时——

"——打扰一下。"

耳边响起春日般温柔的声音,绮翠朝声源处望去。

似乎是从人群的另一侧传来的。虽然声音不大,但神奇的是,听起来很舒心。

不知为何,气氛突然紧张起来。一位撑着白色阳伞的人穿过人群走过来。

因为太出乎意料,绮翠一开始没想到是她。

"……你怎么……"

绮翠瞠目结舌。

她为何突然出现在这儿?

周围一片混乱,绮翠直勾勾地盯着这个意外出现的人。

她身材小巧如少女一般,身上穿着鲜艳的十二单,长着三只眼睛。

来人正是在幽世无人不知无人不晓的金发贤者——金丝雀。

就连围观群众也惊呆了,紧紧盯着创世的贤者。

也难怪大家震惊,因为金丝雀深居大鹄庵,几乎不外出。就连与她最亲近的绮翠,也只在大鹄庵外见过她几次而已。

金丝雀迈着徐缓的步伐走向店主,合上阳伞,低头致礼。

"富士崎,近来可好?这次给你添麻烦了,实在抱歉。"

或许是一时没理解眼前发生的事,店主(好像是叫富士崎。金丝雀记得这里所有人的名字)呆呆地注视着金丝雀,但下一秒就意识到自己的无礼,急忙俯身在地。

"您……您说的哪里话!贤者大人,请您抬起头!"

"好的,那你也抬起头来吧。"

在幽世无人能忤逆金丝雀。

听贤者这么说,富士崎迅速抬起头来。

这店主也是可怜,神社的三人组突然到访,说了一堆有的没的,现在就连国家最高权位的人都来了。绮翠有些同情他。

"事情我都了解了。富士崎,你受苦了。但正如主人所说,化妆

第四章 结束

品是造成'吸血鬼'的原因，不能放任不管。我有个提议。"

金丝雀平静而优雅地歪歪头，微笑着说："我来买下所有库存的化妆品。"

"这……请、请等一下，贤者大人！"富士崎又俯身在地，"怎能让贤者大人买下呢！"

"没关系。舍妹与此事有关。她犯下的错，我做姐姐的也有责任。红叶，付钱。"

"请您收下。"

身穿女仆装的红叶跟随在气度不凡的主人身边，她将一袋金币交给富士崎。红叶拿着似乎很轻，但接过金币的富士崎差点没抱住。里面的数目一定不小。

"给你添麻烦了，这也算是我的一点赔礼，请收下。"

"遵命！感谢您的宽宏大量！"

富士崎再次俯身道谢，然后便起身去了里屋，取库存的化妆品去了。

"好了——"

金丝雀看向倒在地面的空洞渊，向他走去。

"穗澄，我来吧。"

"啊……嗯。"

穗澄显然有些疑惑，不过还是点头答应了。

金丝雀扶起空洞渊的上半身。

"——真是的，您真会乱来。"

金丝雀的话里掺杂着怜爱之意。她从袖子里拿出一个玻璃小瓶，里面装了黑色的液体。

她要做什么呢？绮翠和众人屏住呼吸。

只见金丝雀将小瓶子里的东西含在口中，紧接着将自己的嘴对在失去意识的空洞渊的嘴唇上。

众人屏息。

之所以如此震惊，原因有二。

首先，谁也没想到，贤者活了几百年，甚至创造出这个世界，身份何等高贵，竟也会在人前，和一个普通的男人接吻。

再者，现在大街小巷都在传这个男人跟神社的巫女是一对恋人。

众人明知不敬，依然按捺不住好奇，纷纷看向两人。过了一会儿，金丝雀才恋恋不舍地跟空洞渊分开。

"——穗澄。以防万一，我刚刚让主人喝下了他配的药。应该没什么问题。接下来就拜托你照顾了。"

"啊……嗯！我知道了！"

穗澄正值青春年少，这"接吻"的场面对她而言过于刺激，她面红耳赤地点点头。

众人一脸惊愕。金丝雀将空洞渊交给穗澄照顾，然后站起身。

这下她终于将视线转移到绮翠身上，碧蓝的眼睛里带着几分淘气。

第四章 结束

"绮翠,主人是个非常出色的男士。你再这样磨蹭下去——当心被别人抢走哦。"

"什——?!"

绮翠哑口无言。但金丝雀似乎看穿了她的纠结,莞尔一笑,不再说话。

站在金丝雀身后的红叶抱着一个大大的包裹,应该是所有库存的化妆品。

金丝雀看了一眼惊愕的众人,行了一礼道:"——我告辞了。诸位保重。"

金发贤者撑开白色阳伞,带着身背巨大板斧的随从,静静离去。

看着她离去的身影,穗澄喃喃道:"我说姐姐呀。"

"——怎么了,穗澄?"

"刚、刚刚金丝雀跟哥哥接吻,只是为了给他喂药,没什么别的意思吧?"

绮翠一时不知该如何回答。要说是为了救命才出此下策,可看起来又情真意切,更何况金丝雀是个捉摸不透的人。

但为了穗澄的情操教育,绮翠还是回答了:"——当然了。那可是金丝雀,跟一个普通男人接吻怎么会有深意呢。"

"说、说的是呀!"

不知穗澄心里在想什么,眼见着她放下心来。绮翠心想:……当着这么多人的面,真不知道金丝雀怎么想的。空洞渊也是,看起来也没介意。

　　这话多少有些胡搅蛮缠了。绮翠低头看着身处焦点之中的空洞渊。

　　这位当事人毫不知情，正呼呼睡觉呢。

　　绮翠察觉到自己下意识地看着空洞渊的嘴唇，于是赶紧将视线挪开了。

　　说起来，她以前听金丝雀说过，在现世，接吻这一行为叫"kiss"。

　　绮翠的名字发音跟表示接吻的"kiss"很像[1]，她不禁害羞起来。

　　自己从没尝试过接吻。

　　自打空洞渊来了之后，生活渐渐不再平静了。

　　她轻抚自己的嘴唇。

　　柔软而润泽的嘴唇带着一丝温热。

1　绮翠的日语发音为kisui，与kiss接近。——译者注

第五章

真相

第五章 真相

1

距查明吸血鬼骚乱的原因在于化妆品，众人引起纠纷已过去一周。

空洞渊据理力争，总算下架了化妆品，但这个世界上神异重于一切，空洞渊的做法能带来怎样的改变尚未可知，只能静观其变。

不过所幸自那之后新增"吸血鬼"数量锐减，总算让大家放心了。但不知为何，空洞渊总觉得最近走在街上，人们看他的眼神都是怪怪的。

原以为是自己吃下化妆品，被大家当成了怪人，但似乎不止这个原因。就算问绮翠她们，她们也含含糊糊，不肯说明，空洞渊越来越想不通。

大家似乎揣着什么秘密，这让他觉得心里不舒服。

也是出于这个原因，空洞渊最近都不怎么上街了，只是躲在药房里配药。虽说新增"吸血鬼"数量锐减，但已经得了感染怪异的人还有不少在等着驱鬼师上门，药的需求量依然很高。

空洞渊终日专心配药，忙得不可开交，今天总算能喘口气了。

忙的时候顾不上胡思乱想，而一旦得了空闲，就会想之前尽量不去想的问题。

　　工作闲暇之余，空洞渊开始思考这一连串的骚动中那些让他想不通的事。当时在化妆品店里口若悬河的时候没注意到，而现在回头细想，他注意到自己的推理中有疑点。

　　那就是——为什么卟啉病会和吸血鬼结合在一起呢？

　　在这次事件中，长期使用化妆品后，重金属中毒的人患上卟啉病，出现贫血、对光过敏的症状，然后大家以为是吸血鬼，因为有这样的认知才会生出感染怪异。

　　也就是说，最开始发病的人既没有吸血冲动，也没有吸过血。

　　那大家为何想都不想，就将因贫血造成气色差、对光过敏的人当成吸血鬼呢？这不会太过草率了吗？

　　而据绮翠所言，吸血鬼的传言是在某天突然出现的，而且那时的"吸血鬼"已经具备吸血冲动，实际上，镇上也确实出现了受害者。

　　按道理说，应该先有传言"出现了怕光的人，原因不明确，会不会是吸血鬼"，然后一定程度上扩散开之后，他们才会成为吸血鬼的"鬼人"，并且具备吸血冲动——但实际并非如此。

　　只有卟啉病的症状不足以成为吸血鬼，那为何在一开始的传言中就将其描述为具备吸血冲动的"吸血鬼"呢？

　　结果与原因倒置了。

　　该如何完美地破解这样龃龉不合的情况呢？

　　能想到的解释有几种，其中最自然的，应属最初出现的吸血鬼与

第五章 真相

之后因使用化妆品导致重金属中毒而在镇上大肆增加的"吸血鬼"是不一样的。

先是吸血鬼突然出现，袭击镇上的人，使大家对其产生恐惧之心，所以才会将卟啉病患者误认为是吸血鬼。

不过这个假设也有一个问题，那就是，最初的吸血鬼是什么人？

幽世原有的吸血鬼的根源怪异被金丝雀击退，失去了力量，应该与本次事件无关。

那么"最初的吸血鬼"是如何得了感染怪异而成为吸血鬼的呢？

这一点无论如何也想不通。

空洞渊胸中憋闷，继续工作。这时，来了位不速之客。

"哎呀呀，空洞渊大人，您没事真是太好了。"

门外站着的是一位身穿僧衣，裹着深紫色袈裟，脸上挂着假笑的男人——释迦堂悟。自打空洞渊在药房工作之后他只露过一次面，之后再无音信。空洞渊有些吃惊。

"欢迎。有什么事吗？"

"倒也没什么大事……上次只是来打了声招呼，这次特意带来了点心为之前的事赔罪，请。"

释迦堂轻轻举起手中用包袱布包裹的盒子。

"可以的话，咱们一起喝喝茶聊聊天如何？我带了施主送的上好的茶叶。"

这么一说，午饭过后已有一段时间，空洞渊刚好有些饿了。若是在现世,这会儿正和小宫山一起喝咖啡休息呢。

空洞渊也有些累了,于是便应了释迦堂的提议。

他熟练地泡好茶,吃释迦堂带来的大福,这时,释迦堂不经意地说:"这次事件了结得太精彩了。镇上到处都在说您的事。"

"没出什么岔子就好……"

空洞渊觉得承受不起,毕竟自己能力有限,并没有做什么了不起的事,不想被这样吹捧。

"您可真谦虚。"释迦堂笑眯眯地说,"我就喜欢您这一点。"

"……你该不会又动了什么心思吧?"

"瞧您说的,怎么会!我听说您不仅跟巫女大人关系亲密,就连创世的贤者大人也对您青睐有加呀。我才不会自讨没趣招惹您呢。别说我了,在这幽世,应该没人敢加害于您。"

空洞渊想,怎么不知不觉间竟这么夸张了。不过既然自己不会被卷进什么麻烦里,那再好不过了。

"不过话说回来,"释迦堂话锋一转,"这次的吸血鬼骚动……真的就这么解决了吗?"

"你的意思是?"

"啊,都是些细枝末节,不过我有些在意。"释迦堂喝了一口茶,继续说,"您知道此次事件出现的起始吸血鬼吗?"

"第一个?"

"嗯,是戴着鬼面具的白发吸血鬼。"

第五章 真相

空洞渊神色仓皇。

"我来幽世当天被袭击过。"

空洞渊想起被带来幽世的那晚险些丧命，神情严肃起来。

绮翠说过最初的吸血鬼只袭击女孩子，所以他并没有跟这件事串联……原来自己早就遇到了。绮翠也是，解释的时候直接告诉他那就是"起始吸血鬼"不就好了。

"哈哈，那您可真不走运。"释迦堂没心没肺地笑了，"您知道就好说了。其实啊，那个戴面具的吸血鬼至今还没被祓除，时不时就有目击消息，或是有人遭其毒手。那个吸血鬼跟其他吸血鬼不一样，异常敏锐，就算想祓除也总逮不着。"

空洞渊曾亲眼见识过，所以能理解释迦堂的话。那个戴鬼面的女人拥有不寻常的怪力和跳跃能力，绮翠也没能抓住她。

"我的直觉告诉我，那个吸血鬼跟其他吸血鬼的来源不一样。要是不解决那个吸血鬼，这场骚乱恐怕结束不了——当然，这只是我的拙见。"

话音落下，释迦堂又品起茶来。

他的假设跟空洞渊的假设有共同点。如果说"起始吸血鬼"是由于别的原因产生的吸血鬼，那么如今的情况就说得通了。

"——所以呢？"

"您是指？"

"你不可能带着点心跑到这儿来只是为了说明自己的假设吧，你有什么事要我做？"

释迦堂故作姿态地睁大眼睛，然后马上又像平时一样露出捉摸不透的笑脸。

"您可真是才高识远。好，那我也不绕弯子，开门见山地说了。"

释迦堂坐正身子，直直地盯着空洞渊。

"您知道六道这户人家吗？"

"六道？我第一次听说。"

"六道是幽世由来已久的名门，他们一族的人秉性乖僻，跟镇上的人没什么来往，一家人生活在森林里的豪宅中。"

空洞渊咽下最后一块大福，一边喝茶一边听释迦堂说。

"前不久，现任当家禄郎大人私下来我这里，交给我一件驱鬼的工作。他说自己的女儿可能是吸血鬼，希望我去看一眼。六道毕竟是名门，冲着布施，我便兴冲冲去了……只是，我却犯了难。"

"犯难？"

"是的。依我的判断，她并非吸血鬼的'鬼人'，也没有吸血鬼化。"

"不是'鬼人'？"空洞渊皱起眉头，"那就是家主多虑了？"

"不是——"释迦堂摇摇头，神情古怪，"让我犯难的是……那家的小姐恐怕就是起始吸血鬼。"

"啊？"

第五章 真相

空洞渊不懂他在说什么，这跟刚刚的话有矛盾……

但释迦堂不像是在开玩笑，他的神情很严肃。

"她的身体特征跟起始吸血鬼几乎完全一致。我也曾有一次跟那个吸血鬼交手，印象很深刻，我不会看错，而且跟其他目击者提供的描述也一致。"

"那个吸血鬼不是戴着鬼面具吗？"

"是啊。看不到脸，也无法轻易下结论。可那个面具就大大方方地挂在小姐的房间里。"

"那这些足以证明她是吸血鬼了吧？"

"嗯，我也这么想。正因为如此，我才不明白。为什么那位小姐没有吸血鬼化呢？"

身体特征、物证俱全，最关键的吸血鬼化并没有发生，实在不可思议。能想到的可能性就是他们家还藏了别人，尤其是双胞胎姐妹。既然家主都去找释迦堂了，藏着掖着也没有意义。

"希望大人能助我一臂之力。"

"怎么会用到我？"

"我听说您在这次吸血鬼骚乱中大显身手，使得事件得以平息，所以想请您帮忙出出主意。"

释迦堂笑了，也不知打着什么算盘。空洞渊陷入思虑。

"我可以帮忙，不过我有几个问题想问你。"

"当然，您说。"

"你不是应该先找绮翠吗？你无法被除的怪异，她或许可以做到不是吗？"

"这桩麻烦事，我也想甩手给神社的巫女大人啊。"这位不良法师罕见地皱起眉，"只是我听说六道的家主跟御巫神社的前神主，也就是巫女大人的父亲关系不和。神主死后，他也不想跟神社扯上关系。不过嘛，也正因如此，他才会光顾小寺。"

"原来如此。因为家主不愿与神社扯上关系，你想自己解决问题，所以才要把我扯进来。"

听了空洞渊的总结，释迦堂点点头，脸上笑开了花。

"不愧是您，一点就通。放心，报酬不会少了您的。四六，不，对半分如何？"

如今，镇上的吸血鬼骚动还未平息，空洞渊本不想掺和麻烦事，但既然都听他说了，也没法坐视不理。最重要的是，空洞渊自己对释迦堂的话颇感兴趣。

最后，他还是决定答应不良法师的请求，蹚这趟浑水。

2

两人喝完茶，就赶紧去了六道家。

走在林间野路，连只虫子都看不到，气温也不高，非常舒适。当初去贤者居住的大鹄庵时是夜晚，视线不好，而且路也难走，很是

第五章 真相

折腾。所以对身为现代人、体力不佳的空洞渊来说，这条路简直太好走了。

空洞渊最近终于适应了木屐和草鞋，他觉得比穿着皮鞋好走，但不如运动鞋。不过俗话说得好，入乡随俗。他如今有些后悔，以前上班应该穿运动鞋，而不是皮鞋。

走了一段后，他们终于到了目的地。六道家的宅邸是古色古香的田园式住宅，虽没有华丽的装饰，但风格沉稳，与环境相融。乍一看比大鹄庵还要气派。

空洞渊像是见了什么稀奇物似的，一个劲儿打量宅邸的外观。一旁的释迦堂则熟练地叫来用人带路。

室内装潢很朴素，整体略显昏暗，有些清凉。现在明明正值盛夏，走廊却有一丝寒意。

空洞渊他们被带到客堂，等了一会儿，一个留胡子的中年男人过来了。他应该就是家主六道禄郎。

"——哎呀，法师大人拨冗光临，有失远迎。"家主低下头。

这位禄郎先生看起来很严肃，却意外的态度温和。

"没事没事，您身体康健比什么都好。"释迦堂满面挂着诡秘的笑，"为小姐驱鬼一事，小僧多有耽搁，实在抱歉。毕竟是力量极强的怪异。"

释迦堂谎话连篇，禄郎却丝毫没有怀疑，他摇摇头说："不必在意。我相信您的法力无人能及。这边这位是……"

见禄郎看向自己,空洞渊正要开口自报家门,却被释迦堂抢了先。

"这是我徒弟。他想学习我的驱鬼之术,我便把他带来了。还请您宽宏大量,允许他在一旁学习。"

释迦堂抓住空洞渊的头,强行让他低头。没办法,空洞渊只好听他的话。

"——我是师父的徒弟,请多关照。"

"原来如此……你尽管学习。"禄郎和善地笑笑,"你可真是遇到一位良师。趁此机会好好学习吧。"

"……"

空洞渊拼命忍住笑意。他瞥了一眼不良法师,只见释迦堂贴在脸上的笑容有些僵硬,一定是在想之后要怎么解释。不知道他打的什么算盘,现在先听他的好了。

禄郎将他们带到宅邸最深处的房间。宅邸本就昏暗,外界的阳光也照不到这间屋子里。如此不自然的避光让空洞渊心中生疑。

"——玲衣子,法师大人来了。"

禄郎说完,便拉开门。果不其然,房间内没有阳光,只在昏暗中点了两盏灯,将房间微微照亮。

禄郎致意后便要离开,剩下的就交给空洞渊他们了。

空洞渊的眼睛还没适应昏暗的房间,他定睛仔细观察室内,忽然看到房间深处有个人影。

第五章 真相

"玲衣子小姐,是小僧释迦堂。今日还要再耽误您一些时间。"

释迦堂席地而坐,语气里掺杂着一丝紧张。深处的人影缓缓起身,向灯走近,随后又坐了下去。

终于看清她样貌的空洞渊不禁屏息。

她的皮肤和头发皆洁白如雪,在这昏暗之中犹如一轮明月。浴衣外露出的手脚纤细羸弱,似乎一折便会断。

尽管她的身姿看起来纤细易碎,但那双淡蓝色的大眼睛却充满挑衅的意味,让人无法忘却。

她如人偶一般精致,不像现实中的人。她看了看空洞渊他们,然后咧嘴笑了。

"——欢迎。我正闷得慌呢。没法给你们倒茶,你们随意。"

这位年少的女孩声音异常低沉,讲起话来像男人。一瞬间,空洞渊心想,莫非这人不是女的?但看到浴衣胸口处的隆起,他还是打消了这个想法。

跟释迦堂讲的一样,之前袭击空洞渊的那个戴鬼面的人,与这位小姐极为相似。虽然没看见那个鬼的五官,但从体型和这雪白的头发、皮肤来看,完全一致。

白发少女玲衣子将胳膊抵在盘起的腿上,随口说道:"法师大人还真是坚持,我都说了我不是吸血鬼。毕竟是我老爹找你的,想必你也拒绝不了。这位小哥是帮手?"

"是的,玲衣子小姐。"释迦堂这次倒老老实实说了,"这位是极乐街的新药师——空洞渊大夫。吸血鬼骚乱就是靠他解决的,其远见卓识少有人及。我想,或许他能想办法解决您的问题,于是便把他带来了。"

"药师?"少女饶有兴致地打量起空洞渊,"哦,原来你就是众人议论的那个。我听过你的事。你是神社巫女的相好?"

这都是什么乱七八糟的流言。

"……不是相好。只是出于一些缘由,我暂时借住在神社,别误会。我叫空洞渊雾瑚,请多关照。"

见空洞渊这样说,玲衣子更兴奋了,她笑眯眯地说:"呵呵,随便怎样都好。不过话说回来,我老爹居然放跟神社有关系的人进来,是法师你的主意?"

"……是的。我称空洞渊大夫是我徒弟,才将他带进来的。还希望玲衣子小姐也不要说漏了嘴才好。"

"有意思。好啊,就听你的。"

少女拍打着膝盖,动作豪爽。她的外表和内里实在不相符,但从言行中可以判断她不是个坏人。

"不过,你们说的问题嘛……你们看,我只是个外表奇特,弱不禁风的小女子,说我是吸血鬼也太抬举了。"

"……但目击到的吸血鬼外貌特征跟您非常相似。"

"你这么说我也……"玲衣子粗暴地抓挠后脑勺,"会不会是哪个蠢货想陷害我?"

第五章 真相

"不否认有这个可能性。但从目前来看,也无法断定您不是吸血鬼。所以我今日把空洞渊大夫带过来,想请他帮我看看。空洞渊大人,您有什么想了解的就问吧。"

释迦堂把麻烦丢给了空洞渊,没办法,已经上了贼船,事到如今也只好掺和进来了。

空洞渊叹了一口气,定心说道:"我能先诊察一下吗?"

"好啊,你随便。"

玲衣子面向空洞渊,她的爽快不像是她这年龄该有的。

空洞渊开始做简单的诊察。她的左脉和右脉都很弱,但左边稍强。这是阳气不足的表现,或许有慢性贫血。腹诊发现,玲衣子心下痞硬,应该是少阳胆经不通,表里不解。

见空洞渊麻利地给自己诊察,玲衣子好奇地问:"大夫,你看我的身体不觉得瘆得慌吗?这么白的人,找遍整个幽世,怕是除了怪物也没有第二个人。"

她这话听着有些自暴自弃。空洞渊停下手中的诊察,径直注视着她那双淡蓝色的眼睛说:"没觉得瘆得慌,说实话,一开始只觉得有些惊讶。"

"你可真实诚。"少女苦笑,"难不成是住在神社,见惯了怪物?"

"不是——"

一瞬间,空洞渊不知该如何回答,但为了玲衣子,他还是如实说道:"你只是患有白化病这种先天性的皮肤病。"

白化病，是因色素合成障碍所引起的一种先天性疾病。色素对人体非常重要，它们存在于头发和皮肤等身体的表面，保护人体不受日光等外界刺激。

但极少数人有先天性的功能缺陷，导致色素无法正常合成，所以头发和皮肤色素减淡，害怕阳光中的紫外线。虹膜也一样，因缺乏色素呈现淡蓝色、淡灰色或淡粉色。眼前的少女就是如此。

宅邸的房间偏昏暗，是为了保护怕光的玲衣子。至少可以说，她怕光不是因为吸血鬼。

听空洞渊说完，玲衣子睁大了眼睛。

"我只是……生病了，不是被诅咒？"

"是的。说得明确一些，也不算是病，只是有这种特质。你没有生病，只是天生具有与他人不同的特质罢了。"

"——这样啊。原来是这样……"

玲衣子似乎松了一口气。她之前一定遭受过不少恶意，听过不少无心之语。

在现代，这种疾病已经为人们所知，但对这种神秘的外貌特征抱有的偏见依然根深蒂固。更何况这里还是近代医疗尚未普及的幽世，将外貌特征与常人迥然不同的玲衣子视为特殊的存在，对其抱有恐惧之心也在所难免。

空洞渊结束诊察，如实告知："你虽然身体虚弱，但并没有大问题。等少阳胆经不通有所缓解，再吃补药就能恢复一些活力了。如果

需要的话，我可以开方子。"

"那就麻烦你了，你说的应该可信。"

玲衣子咧嘴笑了。

"灯大夫失踪之后，就没人再为我诊察了，多亏你在。这副身子我一个人也无计可施。"

"你认识之前那位药师？"

"当然。我打小就受她照顾。对我这个出不了门的人来说，灯大夫是为数不多理解我的人。她是个好女人……可惜了。"

少女垂下眼眸，有些悲伤。她一定很信任之前那位药师。

"你有之前那位药师给你开的药方吗？我或许能开差不多的方子。"

"噢，那甚好。"

玲衣子站起身，从角落的柜子里取出一个小包裹。

"这是灯大夫给我开的药，一顿一包，只剩这一包了。我难受得忍不了时就吃一包，吃过后能睡得很安稳。"

玲衣子递过来一包用纸包好的粉末。空洞渊小心翼翼地打开。里面有少量黄褐色粉末，单凭肉眼观察没法断定是什么药。

"我能取一点点吗？"

"可以啊。"

玲衣子点头之后，空洞渊取极少量放在舌头上。

一股难以名状的苦味让他舌头发麻，他赶紧吐在手纸上。

"哈哈，是不是很刺激？"玲衣子打趣地笑了，"很难吃吧？不过习惯之后反倒上瘾了。"

"……玲衣子小姐，你大概多久吃一次药？"

空洞渊艰难地问道。他嘴里的苦涩还未消下去。

"现在每周吃一两次吧。因为灯大夫只给我开了十剂，所以我得省着点，但毕竟是药，也不能不吃。左省右省，现在就剩这一包了。"

"……原来如此。"空洞渊强行将口水咽下去，点点头，"很遗憾，这药非常特殊，我开不了。"

听了空洞渊的话，玲衣子稍稍皱眉。

"——是吗？反正灯大夫也说过这是特殊的秘方。可惜！不过也没办法。我不强求。"

"你能否告诉我，灯大夫嘱咐什么情况下用药呢？是身体感觉疼痛的时候吗？"

"疼痛……疼痛啊。"玲衣子的笑容透着虚无之感，"疼啊，超级疼。感觉身体就像裂开了一样。发作的时候就吃药，吃过药就能忘却痛苦安稳睡一觉。要是没了这个药……光是想想就犯愁。不过，人生不就是这样吗？"

玲衣子的悲观不像是她这个年纪该有的。空洞渊觉得不对劲。的确，她生来就有白化病，这个世界又没有防晒措施，没法自由出门，她性格忧郁也能理解，只是……好像哪里不太对劲。

虽然是没有任何证据的直觉，但说来也奇怪，他的直觉向来是

第五章 真相

准的。

不管怎么说，烦恼也没辙。他们在此叨扰过久，对玲衣子的身体也不好。

空洞渊向释迦堂示意离开。坐在房间一角静观其变的法师脸上浮现出往常那副捉摸不透的笑脸，他走近两人说："——打扰二位，我们该走了。"

"啊，这就走了？"玲衣子一脸无趣，噘起嘴来，"我还想听你们讲讲外面的事情呢……"

"我们很快还会再来的。"

法师露出不足信的笑容，玲衣子却天真地笑着说："好吧，随时来，特别是空洞渊大夫。我挺喜欢你的，你自己也可以过来。我觉得跟你应该有话聊……最重要的是，你闻起来好香。"

"香？"

空洞渊歪头闻闻自己的衣袖。他没听明白这话的意思。说起来，之前穗澄也说过这样的话。空洞渊疑惑地看向释迦堂，释迦堂只是意味深长地笑笑。

"我也不明白大夫身上是什么味道。下次他再来，就是以药师的身份过来了。虽是夏季，您也注意别着凉了。"

"哈哈，我知道。你们从森林回去也小心点啊。"

空洞渊他们跟少女道别，然后离开了。

在走廊上正巧碰到了家主禄郎，于是空洞渊便为隐瞒身份一事道歉，告诉他自己是药师。

禄郎起初还有些犹豫，毕竟他跟神社有关系，但意识到药师的重要性，也就允许空洞渊进出了。

"……说实话，神主已逝，我也没理由继续故意疏远神社了。年纪大了，这么固执可不好。空洞渊大夫，有机会请允许我问候巫女大人。"

禄郎恭敬地说完，突然担心地问道："大夫，我女儿她……能生孩子吗？"

"生孩子？"

这问题太突然，空洞渊不由得皱起眉头。怕家主误会，空洞渊便跟他解释说玲衣子的症状并非诅咒，也不是怪异附体，单纯只是疾病引起的。

"——也就是说，令千金的身体与健康人无异。只要体力足够，应该没问题。"

"这样啊。"

禄郎安心地舒了一口气。见家主这个样子，空洞渊觉得不对劲。

女儿生病了，身为父亲提出的第一个问题居然是生产的问题，总觉得不对劲。

话还没说完，释迦堂掺和了进来。

"好了，大夫，还得去下一个患者家呢，咱们走吧。家主大人，为小姐驱鬼一事尚需时间，我改日再来。告辞。"

第五章 真相

空洞渊几乎是被他强行拽出去的。

"大师，你对我是不是粗暴了点？"

空洞渊幽怨地看着他，而释迦堂却若无其事地笑了。

"瞧您说的，我不是怕您又给自己找麻烦才防患于未然吗？谁让您总是多管闲事。"

"多管闲事？"

"咱们边走边说吧。若是天黑下来，林子里的路可就不好走了。"

夕阳渐渐暗淡。夏天虽说昼长，但也架不住太磨蹭。

没办法，空洞渊只好听释迦堂的。

"大人，您既被'起始吸血鬼'袭击过，那您觉得刚才这位小姐如何？"

释迦堂直奔主题。空洞渊稍微思考了一下，说："说实话，特征是一致的。虽然没看到鬼面具，但应该没认错。"

"可她却不是'鬼人'。"

空洞渊默默点点头。

这确实是最大的疑点。释迦堂先前说的不错，玲衣子怎么看都是人类。她不像其他吸血鬼的鬼人那样昏迷不醒，或是袭击人类，而且对话条理清晰。虽没想到她有白化病，不过这应该不影响全局。

只是——

"她几乎不能出门，却知道我的事。"

"难道不是听用人说的吗？"

"她家对神社的相关人员应该很敏感,再怎么喜欢嚼舌根的用人也不会在宅邸内聊我的话题吧?万一被家主听到,惹家主生气了呢?"

"那小姐是如何得知您的呢?"释迦堂摸着下巴问道。

"当然是在镇上了。"空洞渊答道,"这么想才合理。她其实去过镇上,恐怕是变成'吸血鬼'去吸血了。她之所以记忆混乱,应该不是药物的副作用,有可能是吸血鬼化的影响。"

"原来如此……镇上确实到处有您的传言,只要去了总能听说的。只是,会不会她没有变成'吸血鬼',只是在夜间去的呢?她既然怕光,那晚上应该没问题吧?"

"这样的话在镇上看到她的传言不就站不住脚了吗?那样惹眼的外貌特征,要不被人注意反而很难。毕竟因吸血鬼一事,现在镇上的人都很敏感。而事实却是没有关于她的传言,也就是说,看到她的人并不认为她是'人'。至于她是在说谎,还是完全没有意识,那就不好判断了。"

听了空洞渊的话,释迦堂感慨道:"您果真是一针见血。如果事实如此,也能证明小姐就是'起始吸血鬼'。但这些都没有确凿的证据,既然小姐不是鬼人,我们也无可奈何。"

说了一圈又绕回这个问题了。

"我刚来幽世没多久,还不是很清楚怪异……有没有可能是在'感染怪异'和人类这两个身份间来回切换的?"

第五章 真相

"基本是不可能的。"释迦堂断言,"之所以叫'感染怪异',就因为它其实不是疾病,而是人变成怪异。怪异是非人之物,也就是说,人们的认知改变了现实,将人变成了非人之物,这就是感染怪异。现实不会轻易改变,要在怪异与人之间来回切换是不可能的。正因如此,才有我们这些驱鬼师。"

空洞渊想起第一天来这儿时金丝雀说的话,接受了释迦堂的说法。

说简单点是感染怪异,但仔细想想,改变现实这种事实在不明所以,可确实在这幽世发生了。有果必有因,只是空洞渊不太懂这些。不过有一点可以肯定的是,这样的事若频繁发生,世界可就乱套了。这场"吸血鬼的感染怪异"大爆发只是例外。

"不过——"释迦堂迟疑地说,"极少会有通过强烈的自我认知改变自己的人。"

"强烈的……自我认知?"

"嗯,我师父就是这样……比如修行僧在经过艰难曲折的修行后可以达到新的境界。因为修行的过程中需要不断审视自我,最终获得足以改变自我的认知——不过嘛,这都是非常非常特殊的情况,只可能在极少数超脱常人的人身上发生,可以说是奇迹了。这次的事应该没这可能吧。毕竟跟感染怪异也没关系。"

的确,玲衣子显然不是修行僧。空洞渊又多了一个新的见解,那就是可以通过自我认知改变自己。虽说与本次事件无关,就当是长知识了。

"说起来,你是不是有什么事瞒着我?"

"怎么会,我从未想过对您有所隐瞒。"

释迦堂口不应心,脸上还挂着笑。空洞渊叹了一口气。

"你刚刚不是打断了我跟家主的对话吗?难道不是有什么盘算?"

"啊,不不不,不是您想的那样,我只是讨好他罢了。毕竟他是我们尊贵的施主,我可是捏了一把汗,生怕您说什么不该说的。"

"不该说的?"

空洞渊一脸疑惑。释迦堂终于松口:"没办法,毕竟是我请您帮忙的,您可要保密啊。"

法师压低声音继续说道:"禄郎大人曾爱慕前巫女大人——也就是现巫女大人的母亲。"

没想到还有这样的故事。空洞渊皱起眉头,静静地听他说。

"当时他与前神主……当时还不是神主,两人同时追求前巫女大人,最后神主大人获得其芳心,禄郎大人自那之后就与神社疏远了。"

怪不得他会介意跟神社有关系的人,原来是这么回事。

"之后他因失恋的打击一蹶不振,不过几年后也与别的女人成婚了。但是迟迟怀不上孩子,他为此耗心费神,惴惴不安。六道家是幽世的名门,不能在自己这一代断了后。"

这在独身一人、安然自得的空洞渊听来难以理解。看来生在历史

第五章 真相

悠久的名门也要承担相应的压力。

"禄郎大人求神拜佛，尝试各种方法，最后终于得了爱女。但他夫人却因难产去世了。禄郎大人年事已高，也无法再指望有其他后人了，所以他十分疼爱玲衣子小姐，捧在手心都怕化了。偏偏这位珍贵的小姐生来与常人不同。禄郎大人日夜担忧，生怕六道家在玲衣子小姐这代断了后。就是这么个复杂的缘由。我怕您口无遮拦问及此事，这才慌忙阻止。"

"……原来如此。"

虽说自己不清楚缘由，但确实思虑不周了。空洞渊感到愧疚。他从前就不太懂得察言观色，这次幸好释迦堂阻止了自己。玲衣子除了在意自己的外貌，似乎还有其他心事，或许就是在意这件事。空洞渊倒是有些想法，但毕竟幽世的文化、价值观和现世不同，自己没理由插嘴。

只是，空洞渊还是有个十分在意的问题。

"法师，我再问你一个问题行吗？"

"什么呢？"

"这个世界是怎么处理阿片的？"

"您说的阿片，就是那个液体或粉状的，吃了之后让人飘飘欲仙的东西？"

"对。"

阿片源自罂粟植物的蒴果，在人类史上长期被用作麻药。服用后或会出现愉悦感和幻觉，滥用会产生依赖性，十分危险。

释迦堂若有所思地说："贤者大人全面禁止使用阿片。听说曾经有人种罂粟，贤者大人大怒，将其流放了。这东西真危险……您这个节骨眼问，难不成……"

"你猜的不错。"空洞渊点点头，"小姐手里那包药恐怕是阿片。"

空洞渊舔了一口立马吐出来了，所以没受影响。那种独特的苦味应该是阿片生物碱所独有的。

释迦堂一反常态，着急起来。

"那灯大夫是想让玲衣子小姐阿片成瘾？"

"不，不是。阿片原本就有很强的镇痛、镇静效果。玲衣子不是也说自己全身疼痛吗，所以应该是为了给她止疼才开的……"

从阿片提取出的吗啡是现代医学中重要的药品之一。因其有很强的镇痛效果，能够缓解癌痛，提高患者的生命质量，所以在这个世界被用作镇痛药也不奇怪，只是……

"问题是灯大夫从哪儿弄来的阿片呢？罂粟本身比较容易栽培，但既然金丝雀禁止了，那也没法种啊。她有千里眼，要是有人偷偷种，她应该察觉得到才对。既然如此，玲衣子手里为什么会有阿片呢？"

"——莫非您怀疑……"释迦堂那双笑眯眯的眼睛突然睁大了，"灯大夫跟月咏大人背地里有联系？"

第五章 真相

"这么解释就说得通了。"

空洞渊默默点点头。

在幽世，月咏是唯一一个可以避开金丝雀耳目的人。既是与她有关的因果，也难怪身为姐姐的金发贤者没有察觉。为玲衣子开药的是前药师灯——金丝雀没有注意到在幽世禁用的阿片出现在此，也就表明其入手渠道与月咏有关。再进一步推测，灯与月咏之间关系可疑。

说不定，灯失踪一事与月咏有关——

"——想太多也不好。"

空洞渊不再想了。这时，他们已经走到神社的石阶下了。

"不管怎么说，我们多多关注一下玲衣子小姐吧。"

"是啊，这样最好。"释迦堂的脸上又浮现出以往的笑容，"灯大夫的事您打算怎么处置？要找贤者大人商量吗？"

"不……暂且搁置吧。我不想平白无故把事情闹大。"

"遵命。"释迦堂恭恭敬敬地低下头，"那我先告辞了。下次有机会咱们一起喝一杯。"

法师背过身准备离开。

"啊，我能最后再问你一件事吗？"

"什么呢？"释迦堂停下脚步，回过头。

"我身上有什么味道吗？我自己闻不出来。"

空洞渊一直在意刚刚玲衣子说的话。

释迦堂略有所思，然后露出奇妙的笑容。

"您大概是有吸引女性的色香吧。不然贤者大人和巫女大人怎会如此中意你。哎,你这个美男子,真让人羡慕嫉妒恨啊。"

答非所问。

3

"——玲衣子小姐是谁?"三人正围着小饭桌吃晚饭,绮翠冷不丁地问了一句。

由于时机过于巧妙,连防范之心较重的空洞渊都大意了。震惊中,空洞渊刚夹到嘴里的腌菜连嚼都没嚼就咽下去了。

绮翠跟往常一样端正地坐着。她优雅地举着一杯清酒,美得像画一样。现在可不是优哉游哉说这话的时候。

空洞渊拼命控制表情,不让她察觉到自己的惊慌。

"突然间说什么呢?"

绮翠一如既往神情淡然地说道:"傍晚我工作结束得早,于是就去了药房,但到了之后发现门上挂着休息的牌子,你人不在。没办法,我只好回来打扫神社了。所以,玲衣子小姐是谁?"

空洞渊总觉得她看自己的眼神比平常更尖锐。打扫神社,也就是说听到了一些他与释迦堂的对话,所以才这么问的。

自己又没做亏心事,当然愿意实话实说。只是这关系到患者的隐私,不能随便说。

第五章 真相

"就是……法师介绍我去给别人家看病了……玲衣子就是那家的患者。我不能透露详情，下次会给她带药过去。"

"哎呀，是这样吗？"

她的表情没有一丝变化，也不知对空洞渊的解释是接受还是不接受，只是那双冷峻的眼中似乎有了些回温。

"我还以为你被那个不良和尚带着去了花柳街，既然不是我就放心了。不对，你正值青年，偶尔去那里发泄一下应该也正常……但是，你作为神社的相关人员，最好还是克制一下。"

"……"

真是天大的误会。空洞渊对男女之事不感兴趣，甚至上大学时还被朋友调侃，说他年纪轻轻就枯竭了。空洞渊心想，他们家应该到自己这代就断后了。跟历史悠久的六道家这么一对比，平民百姓真是轻松，没有传宗接代的宿命。

血缘是坚韧的羁绊，而羁绊必然伴随着纠葛和束缚。英语是"bond"，即为人类施加的枷锁。

血缘的信仰即使是在空洞渊生活的现代依然根深蒂固，更何况是沿袭传统的幽世呢。在这里，血缘的枷锁比现代更加深刻。

因此，玲衣子的烦恼和压力一定比空洞渊所想的还要多得多。

只是——空洞渊觉得不仅仅是因为这个。

他想起玲衣子悲观的笑容，那不仅是在感叹自己生为白化病人的命运，还包含了其他意义。

究竟是什么让这位少女如此悲观呢？直觉告诉空洞渊，那就是她成为"起始吸血鬼"的原因所在。

"哥哥，怎么了，发什么呆呀？"

穗澄的声音让空洞渊回过神来。她似乎有些担心。为了让她放心，空洞渊笑了笑。

"抱歉抱歉，我想事情呢。吃着饭可不能这样。今天的饭菜也很好吃哦，谢谢。"

"是吗？合你的胃口就好！"

穗澄松了一口气。这个小女孩总是让人感到温暖，跟绮翠性格完全相反。空洞渊不禁感慨，这对姐妹真有趣。

"空洞渊，你没想什么不礼貌的事情吧？"

"……没有啊？"

绮翠还是那样敏锐，空洞渊赶紧换了个话题。

"说起来，有件事我比较在意……我身上有什么奇怪的味道吗？"

"冷不丁地说什么呢？"绮翠不解地看着他。

"我只是想起之前穗澄说我闻着好香，我自己闻不到，要是让身边的人觉得不舒服就不好了。"

绮翠和穗澄互相对视一眼。

"我没觉得有什么奇怪的味道啊……穗澄你呢？"

"嗯？"穗澄嚼着香喷喷的白米饭，咽下后回答，"最近我没觉得有什么味道。可能是习惯了。哥哥刚来的时候倒是有股很好闻的味

第五章 真相

道，让人心潮澎湃的。"

听了妹妹的无心之语，绮翠皱起眉头。

"你说的是你晕倒的时候？"

"啊，嗯嗯。那时候鼻子突然变得好灵敏，连我自己都吓了一跳呢。"

穗澄满不在意，而绮翠却一脸担心。

"……不过你现在没什么感觉了吧？"绮翠认真地问道。

穗澄犹豫了一下，但还是点点头。

"——是吗？那就好。"

绮翠松了一口气。空洞渊不解，不知道绮翠在担心什么。

"有什么在意的地方吗？"

"啊，没有，你不必在——"还没说完，绮翠轻轻摇摇头，"……还是跟你说吧。你这人一不在视野范围内就不知道会做出什么……"

绮翠将小酒杯放在桌上，看向空洞渊。

"之前怕你担心，一直瞒着你。其实你是招怪异喜欢的特殊体质。"

"我是……特殊体质？"

说起来，他第一次遇见绮翠的时候，她说自己"气息"特殊，但其他无异于常人。空洞渊自己完全没感觉。

"不知为何，你身上散发着怪异喜欢的味道，包括我在内的人类是没有感觉的，但在怪异看来你有勾起他们食欲的香味。你第一天不是在森林里面遭袭击了吗？一定是被你的气味吸引来的。"

"那我会觉得哥哥闻起来香是因为……"穗澄吃惊道。

绮翠点点头。

"嗯，因为你那时变成了'鬼人'。之所以持续了一段时间，是受到怪异残留的影响。既然你现在感觉不到，那就没问题了。放心吧，你已经是个正常人了。"

绮翠轻声细语抚慰着穗澄，转而严厉地对空洞渊说："所以说，空洞渊，你可不能随便进林子。对怪异来说你可是顿美餐，小心被吃掉。"

"……"

空洞渊再次感受到这个世界的残忍之处。没想到自己的生活如深渊薄冰……他暗自发誓，今后一定要尽量走人多的路。

可这么说来，玲衣子也觉得空洞渊闻起来很香，这不就代表她是鬼人吗？至少能间接证明她身上还有怪异的影响。但事无绝对，也不排除她只是出于个人嗜好才这么说的。

"哎呀！正吃饭呢，咱们还是聊点开心的事吧！"

也许是察觉到不寻常的气氛，穗澄拍拍手，换了个话题。

"我今天去街上看了好评如潮的'白发鬼'哦！"

"'白发鬼'？啊，是上次那个轻浮之人啊。"

绮翠叹了口气，似乎毫无兴趣。穗澄嘟囔着嘴说："真是的，姐姐就会这么说！不是轻浮之人，人家是歌舞伎！"

第五章 真相

说起来，穗澄第一次带空洞渊去街上逛的时候说过这话。空洞渊没看过歌舞伎，既然是当下流行的，倒让他萌生了兴趣。

"讲的是什么呀？"

空洞渊记得江户川乱步也有同名的作品，不过应该不一样吧。

穗澄开心地说："讲的是白发吸血鬼的故事。"

"白发吸血鬼？"空洞渊皱起眉头，"是以现在的吸血鬼骚乱为题材演的吗？"

"不是哦。"穗澄天真地摇摇头，"是在骚乱之前开始演的。不过那时候还没什么人看。因为这次的吸血鬼骚乱才爆火的呢。"

原来如此。偶然有类似的曲目，只是因为吸血鬼骚乱火了起来而已。这在空洞渊生活的现实世界也很常见。比如感染病流行的时候，加缪的《鼠疫》畅销——

这是人们的一种防卫本能，希望在作品中找到克服现实世界里不明真相的困难的方法。

穗澄心情大好，继续说道："我简单给你们讲讲啊。故事的主人公是一个被白发吸血鬼吸了血的女孩。由于女孩的黑发变成了跟吸血鬼一样的白发，被村里人赶了出去。之后女孩就到处寻找吸了自己血的吸血鬼。而她对吸血鬼的感情也从最初的憎恨变为喜欢。看得我脸红心跳。"

"这样啊……"

听穗澄这么讲，感觉就是个很常见的故事。或许正是因为常见才火的吧。

"而且哦，演主人公的女形[1]是兰太郎，他可是天才演员，超级可爱！真的太厉害了！哥哥你要见了肯定也会爱上他的！"

"啊，对哦。歌舞伎中的女性角色也是男性来演的。"

空洞渊不接触歌舞伎，连最基本的知识都差点忘了。不过话说回来，既然对歌舞伎中的男演员如此热情，可见穗澄也是正当青春的女孩子，空洞渊放心了。毕竟穗澄平日里成熟稳重，要不是偶尔有这样的感想，他都快忘了穗澄还是个青春少女。

"男人演的女人，为什么那么美呢，难道是理想的投射？要是反过来，由女人演男人，是不是超帅呢？"

"这种情况也是存在的，其实在我原先生活的世界就有这样的演出。不过，肉体和精神的性别又是——"

空洞渊正准备从医学角度解释，却突然停下了。

有什么东西触动了他意识的碎片。

他们也没有聊什么特别的话题，不过是极为普通的日常闲聊，甚至过几个小时都不会记得了，但，空洞渊觉得似乎漏掉了什么重要信息。

他仔细地在脑海中整理以往的所见所闻。

吸血鬼的独一性，只袭击女性的理由，增加同族人的意义，诊脉，秘方……

---

1 歌舞伎中扮演女性角色的男演员。——译者注

第五章 真相

随着信息的碎片逐一拼凑在一起，从未想过的可能性浮出水面——

这……这可能吗？空洞渊不相信自己的结论，试图寻找否定的依据，但所有线索都表明他的假设是成立的。

如果真相确实如此，处理得当的话说不定可以私下解决。空洞渊默默盘算着。

"哥哥，你又在发呆了，怎么了呢？"穗澄担心地望着空洞渊。

说起来，之前也是因为穗澄的一句话给了空洞渊提示。为了不让她察觉，空洞渊尽力保持自然状态。

"没什么。就是想到了工作上的事，不说了。你烧的萝卜非常好吃啊。"

"是、是吗？谢谢哥哥！"

空洞渊的话题转移得着实有些牵强，好在穗澄并没有在意，相反，听到空洞渊的夸奖她很开心。空洞渊默默祈祷，希望穗澄永远不失纯粹。

"——别人的，而且还是演出来的恋爱故事有什么好看的，我不理解。"

只是在一旁沉默，对这个话题兴味索然的绮翠突然开口了。妹妹热情地聊着自己的兴趣，姐姐倒是恬淡无欲。穗澄怏怏不悦，真是难得。

"真是的，你老这样说！所以姐姐你到现在连个男朋友都没有！"

"我现在又不着急恋爱，无所谓。更何况我好像还挺受欢迎的，只要我愿意，男朋友还不是随便挑吗。"

"强者就是从容不迫啊……话说姐姐，你喜欢过谁吗？"

绮翠正要喝酒，听到这话突然停下手里的动作，陷入思考。

"——好像没有吧。"

"不懂恋爱的女人！姐姐，二十岁了还这样很危险哦！"

"咱们御巫家有你就不用担心了。真想早点见到外甥或者外甥女啊。"

"姐姐！不要逃避结婚这一残酷的现实！"

她们姐妹感情真好。最近空洞渊每日必做的，就是像个亲戚家的大叔似的看两姐妹闲聊，从中寻求治愈。

正当空洞渊暗自享受着日常的愉悦时——

"——等等，有人闯进结界了。"

松弛的气氛一下子被绮翠严肃的声音打破。她说的结界就是爬上石阶后，从鸟居进入境内的圣域。这么晚了，谁会来神社呢？

事情可能没那么简单。绮翠单手拿起身旁的白鞘小太刀，往外走去。空洞渊和穗澄互相对视一眼，也放下碗筷，跟在绮翠身后。

他们走出玄关，只见一人静静站在那儿。

"御巫大人，林间有吸血鬼出没。"

眼前站着的是身穿女仆装、背着大板斧的红发少女、贤者的侍从——红叶。

红叶无视绮翠身后的空洞渊和穗澄，像个机器人似的冷淡地说

道："根据目击者证言，应该是起始吸血鬼。"

"——是吗？"

绮翠的声音凛若冰霜，只凭这一句话就知道她接下来要怎么做了。

她打算铲除那个交手多次的宿敌。

她转过身，用平日的口吻说："我出去一下。穗澄，抱歉没吃完饭就得走，我的那份留着就行，等回来再吃。说不定我回来会很晚，你们锁好门再睡。外面很危险，绝对不能出来。"

"知、知道了！姐姐也要小心啊！"

听姐姐突然说要外出，穗澄故作镇定。或许是习惯了这种情况，只是她的眼神里闪烁着一丝不安。

绮翠松缓了神情，对她说："不用担心，姐姐是这里最厉害的。空洞渊，穗澄就拜托你照顾了。"

"……嗯，你也别逞强。"

也不知绮翠听进去多少空洞渊的话。她点点头，跟贤者的侍从一起消失在黑暗中，留下的只是如往常一般寂静的夜。

穗澄担心地望着姐姐消失的地方，她用两手拍拍脸颊，试图转换心情。

"晚上真冷呀！哥哥，我们回去接着吃饭吧！"

空洞渊却一动不动，他的脑子在拼命转动。

情况有变，事情的发展比他想的还要快。要私底下解决根本是难上加难。作为唯一一个知道真相的人，空洞渊该怎么做呢——

决定只在瞬间，空洞渊猛地向穗澄低下头。

"抱歉，我有东西落在店里了，现在跑过去取。"

"欸？！这么突然？"

穗澄瞪大眼睛。空洞渊自顾自地迅速说了一句："我马上回来，你等我。要是绮翠突然回来，发现没人在这儿会担心的。你不用担心，我跑过去很快的，而且店在森林外面，不会有吸血鬼来。那我现在赶紧去了啊。"

"啊，哥哥，你等等！"

穗澄想要阻止，但空洞渊没理会，转身消失在夜色中。

为了解决这一切，也为了帮助仍在痛苦中挣扎的那个人——

4

下了石阶，空洞渊没去药房，转而奔向森林中。

若是不快点，那孩子就要被毫不知情的绮翠他们被除了。

单从解决这场骚乱的角度来说，这样做自然没问题，但是不行。

空洞渊本想跟绮翠一起去，但那样一来对方怕是会逃走，只能这样做了。

空洞渊独自一人穿过漆黑的森林。

没有虫鸣，也没有动物的声响。连原本就住在森林里的它们都惧

怕"怪异之王"，屏声息气，生怕一不小心触怒"王"。

空洞渊也想尽量跟它们一样老老实实待着不动。他原本就不是喜欢多管闲事的人，甚至希望自己能跟植物一样，安静平稳地生活。

如今陷入这种境地，说实话，他很害怕，要是能逃也想逃。

"但是——"

尽管如此，为了圆满解决这一切，他必须这么做。

空洞渊克服内心的恐惧，一个劲儿地往前跑。

不知何时，他来到了似曾相识的地方。

这里是他初入幽世的地方。

他抬头，高耸的树木遮住天空，只剩一轮弯月浮在虚空之中。

弯月就像夜之王的淫笑，冷然俯视着空洞渊。

他突然想起银发愚者说过的话。

——我带您去吧。去'生死由己'……被这个世界厌恶排斥的鬼居住的国度。

空洞渊重新品味了这句话。

这并非夸张，而是真真切切的现实。

空洞渊现在，自甘陷入绝境。

生死由己。

为了迎接自己希望看到的结局，他只好搏命了。

这时，一阵风吹过。

清冷的风夹杂着夜晚的露水。

空洞渊闭上眼,再次睁开眼时——眼前凭空多了一个人,像是从一开始就站在那儿似的。

那是一位身穿和服,上半边脸用鬼面遮挡起来的女性。

月光般皎洁的白发,锋利的尖牙,只见过一次就绝无可能忘记。

毫无疑问,她就是那天见到的"起始吸血鬼"。

面对眼前气势汹汹的吸血鬼,空洞渊心中涌起恐惧之感。

刚才绮翠说过,空洞渊身上有怪异喜欢的味道。

所以他觉得只要自己只身来森林,就能引出起始吸血鬼。事实证明他是对的。

空洞渊和"吸血鬼"静静打量着对方,只是一瞬,"吸血鬼"便朝空洞渊扑来。大概是察觉到空洞渊不足为惧。"吸血鬼"气势汹汹,挥舞着尖爪。

由于有先前的经验,空洞渊勉强躲开了第一下攻击。

但"吸血鬼"的动作明显比之前更加敏锐。难道是怪异化的程度加深了吗?——空洞渊夹在生与死的缝隙间,眼前"吸血鬼"的动作仿佛在慢放。

就在"吸血鬼"的利爪即将触碰到空洞渊时,不知什么东西挡住了她,"吸血鬼"被弹开了。

发生了什么?空洞渊摸不着头脑。只见有纸屑掉落在地。空洞渊一边提防"吸血鬼",一边低头看脚边,到处都是被切碎的细长纸片。

第五章 真相

空洞渊立马意识到这是绮翠给自己的护身符。

看来是他收在口袋里的护身符替自己挡下了"吸血鬼"的攻击。穗澄说过这个护身符非常灵验，果不其然。

"吸血鬼"似乎也没想到会这样，她迟疑了一下，与空洞渊保持距离，但还是抵挡不住空洞渊身上的味道，这次换成用身体撞了过来。

不知是不是被护身符伤到了，与刚才相比，"吸血鬼"的动作慢了下来。这下能够轻易避开，但空洞渊还是故意被她撞倒在地面。

跟那天一样，"吸血鬼"骑在空洞渊身上，害得他动弹不得。不过，空洞渊来此可不是让她吸血的。

"玲衣子小姐，你听得见吗？我是药师空洞渊雾瑚。"

空洞渊平静地对戴着鬼面的少女说。而刚才还像个野兽一般，没有自我意识的"吸血鬼"停下了攻击行为。

空洞渊近距离观察到藏在鬼面后面的那双眼睛似乎恢复了一丝光芒。

"玲衣子小姐，我是来救你的，但需要你有自觉。你要意识到自己是起始吸血鬼，这一切并不是在做梦。"

"唔……啊……"

"吸血鬼"刚才浅薄的笑消失了，鲜红的嘴里发出忧闷的声音。玲衣子似乎听到了空洞渊的话。接下来的时间对她来说或许很痛苦……但现在也只能相信美好的结局，赌一把了。

空洞渊故意压制感情，淡然地说："平日里是人类的你，为何会变成'起始吸血鬼'呢？答案就在前药师给你开的阿片里。你只在阿片发挥效用的时候才会变成起始吸血鬼。"

"吸血鬼"不说话，只是咬紧牙关强忍着什么。她死死盯着空洞渊。

"我听说有些修行僧会通过艰苦的修行改变自我。这恐怕是一种脱魂状态产生的结果。而你则是在阿片的作用下模拟再现了这种状态，暂时实现了自我改变，变成了自己想变成的东西。"

萨满等有通灵能力的人为了与神或者精灵对话，会食用有致幻作用的植物。不知是出于偶然还是必然，玲衣子做的也是同样的事。

"你为什么会想成为'吸血鬼'呢？身体虚弱的你会憧憬强大的吸血鬼自然不奇怪，但最大的理由不是这个。如今的你跟世上的吸血鬼形象重合不过是偶然罢了。"

这才是导致事件扑朔迷离的最大误解。

"起始吸血鬼"也并非吸血鬼。

换一种概念重新认识这一存在，是通往理解的第一步。

为了让玲衣子听进自己的话，空洞渊故意绕圈子。

"在弄清楚起始吸血鬼的本质之前，我们不妨先捋一捋这一系列的事件如何？也就是——这场骚乱真正的'起始'。"

空洞渊故意摆出一副游刃有余的态度。

"某一天，突然有传言说'吸血鬼出现了'。一开始我以为是

指那些因化妆品患上卟啉病的人……但仔细想想有可疑之处。因为卟啉病的患者并不具备吸血鬼最典型的特征，也就是吸血冲动。气血不足、光过敏、通过吃蒜缓解，虽然有这些吸血鬼的特征，但连最关键的吸血冲动都没有，怎么能称之为吸血鬼呢？可人们毫不迟疑地将其当成了吸血鬼，而且的确有人被吸血了。所以，起始吸血鬼确实存在，而且与卟啉病无关，是由其他原因产生的。"

玲衣子依旧骑在空洞渊身上，嘴里发出含糊不清的呻吟。如此痛苦的状态下还愿意听他说，空洞渊不禁想，她真是个坚强的孩子。

"我一直想不通，这个起始吸血鬼是怎么产生的。因为在幽世，吸血鬼这种怪异几乎已经是过去式了。几十年前他们或许还是令人生惧的怪异，但自从被创世的贤者制伏以后，吸血鬼就成了一种假想的存在，只出现在草双纸这样的作品中。真正的吸血鬼失去了力量，只要没有新的根源怪异出现在幽世，这样的结果也是自然的。所以，要产生吸血鬼的感染怪异，必须让人们回想起曾经的恐惧。比如——通过被袭击、被吸血这类直观的体验。"

"唔……啊……"

玲衣子咬紧牙关，唾液从她的嘴角流出来，看起来很痛苦。她的反应渐渐有了变化，看来是听进空洞渊的话了。

"但无论如何，我都没法理解除吸血鬼之外的某物会袭击人类吸取鲜血。从理论上说，实际上发生了这种行为，而我却完全不能理解行为的本质。我很苦恼，于是便转换了思考方式。也就是说，吸血只是结果，而目的另在别处。"

是时候了，空洞渊开始揭示事件的核心。

"我心中产生了一个猜想。目的并不在于吸血，而是将尖牙插进皮肤实现合一——也就是合二为一。我隐约想到一种可能，或许对起始吸血鬼来说，吸血行为只是生殖行为的替代而已。"

吸血鬼通过吸血来增加同伴，这一行为跟人类的生殖行为有相近之处。

而与他人合一——两个不同的人要合二为一，这样的终极欲求只能通过生殖行为才能实现。

男女之事原本再正常不过，没必要刻意强调。

但如果"再正常不过的事"由于身体原因无法实现，该如何？

实现不了的夙愿变成欲求不满的压力，渐渐侵蚀理性。

这次起始吸血鬼袭击的受害人除了空洞渊，其他都是女性。这不是偶然，而是刻意为之。

身为女性的玲衣子故意只袭击女性。

这是为什么？

与女性合一。为了繁衍子孙后代而创造出与自己同形同质的人。

原本身为女性的玲衣子是不可能对同性做出这种行为的，但通过阿片进行自我改变后，不可能成为可能。

那为何玲衣子会有这样的想法呢？

她为什么想要跟同性繁衍后代呢？

只要想想玲衣子平日的言行便能得出答案。

也就是说——

"你……性别自我认知是男性，对吧？"

生理上的性别与自我认知的性别不一致。

而身边的人对此表现出的不理解，才是导致一切的元凶。

"唔……啊！"

一行泪隔着面具流下。

这才是少女——不，少年的痛苦所在。

"白天我去你家给你诊脉的时候，有个地方比较在意。你左右脉都很弱，但左脉稍强。诊脉诊的是身体的阴阳平衡，运用阴阳论，将各种概念分为阴和阳加以考量。比如，右边为阴左边为阳，女性为阴男性为阳。所以给女性诊脉，通常情况是右脉比左脉强，而你却是左脉略强。从阴阳平衡的观点来说，你的阳气，也就是男性的气比较强。当然，阴阳的差异因人而异，这只是在阴阳论这一哲学中才成立的。但不可否认，这的确是导出结论的关键。"

幸好诊脉时注意到的点拓宽了空洞渊的思想范围，不然就无法这么快找出真相，也就做不到拯救玲衣子了。

"你生来怕光，这当然让你感到烦恼，但更令你困惑的是，你虽有女性的身体，自我性别认知却是男性。何况你家还是屈指可数的名门之家。就算是为了身体年迈、秉性温厚的父亲,你也必须在不久的将来招婿入门成婚生子,让六道家后继有人。但你无论如何也接受不了这样的命运。强烈的精神负担以及肉体与精神的殊致发出警告,给你的身体带来难以忍受的痛苦。于是……你变成了怪异,以此逃避终日郁郁寡欢的生活。你渴望跟普通的男人一样,与女性结合,生儿育女——你的愿望跟人们的认知纠缠交错,导致你变成了'起始吸血鬼'。"

真相犹如微小的祈愿,只是内心的呼唤。

空洞渊觉得她可怜,但也无法全面肯定她的所作所为。

"正因如此,你才要意识到自己的所作所为是否正常。你化为'起始吸血鬼',随心所欲地袭击在镇上平静生活的女孩。当然,因为阿片的作用,你陷入恍惚,无法做出正确的判断,但这也改变不了被你袭击的女孩们经历恐惧的事实。如今感染怪异已除,大家都恢复健康了,但你也逃脱不了罪名。必须让你意识到自己的罪过,才能被除你身上的怪异。只有让你在怪异的状态下清醒,你才能面对自己的罪过,继续向前看啊。"

"唔……啊……大……夫……"

玲衣子的眼泪隔着面具止不住地流了下来。

空洞渊轻轻摘掉她的面具,只见玲衣子哭得像个孩子。

尽管意识模糊,却依然能面对自己的罪过,真是位坚强的"少年"。

空洞渊轻轻抱住身材单薄的玲衣子。

第五章 真相

"大……夫……我……一直……好痛……"

"……嗯。"空洞渊点点头,他的心仿佛被揪住一般。

"老爹他……给我穿漂亮的衣服……看我穿着,他好高兴……"

"……嗯。"

"他还……给我买可爱的娃娃……看我玩,老爹的脸上洋溢着幸福……"

"你父亲真好。"

"我很喜欢老爹……也很尊敬他……但是我……被当成女孩子养,特别特别痛苦……为了让老爹高兴,为了不让他担心,我一直忍着……我吐了好几次……我……不是老爹喜欢的孩子……"

"你的善良唤起你的罪恶感,导致你越来越厌恶自己。而你对自己的责备,最终反映在你的身体上,化为了切切实实的痛楚。"

"我头疼……心口疼……胳膊疼……肚子疼……腰疼……腿疼……哪里都疼……为什么我……我的身体不是男人的身体……疼痛发作的时候,我只能躲在被子里……一边忍受着身体的疼痛一边哭……但……遇到灯大夫后……吃了她给的药……就不疼了……真神奇……她……确实救了我……"

"嗯。这么多年,你忍受着不合常理的痛苦,这药对你来说毫无疑问是救赎。但是,正因如此,你必须面对它带来的后果。"

玲衣子的眼泪止不住地流,沾湿了空洞渊的衣服。

"我不希望……救了我的东西……害得别人不幸……但是……我

该怎么办呢？我既非男，也非女……生来体弱，连太阳都晒不到……我之前从来没做过坏事……却总是疼得翻来覆去……可要是我逃避痛苦，就会有人受伤害……这也太过分了……大夫啊……为什么遭受这种悲惨命运的人非得是我啊……"

空洞渊作为接触过无数患者的医疗工作人员，可谓阅历丰富。癌症、先天性疾病、胶原病、脑血管疾病、贫血性心脏病、肺炎……被各种疾病折磨的患者都会这么说。

为什么痛苦的，非得是我呢——

面对患者的发问，空洞渊一次都没有回答过。

眼见他们被疼痛、干呕折磨，无法随心所欲地生活，身体日渐消瘦，空洞渊却无能为力。

医疗究竟有什么用——

"……对不起，我还没找到这个问题的答案。"

空洞渊没有敷衍了事，说几句好听的话糊弄过去，而是诚实地说出了心里的答案。

"我一直在寻找这个问题的答案。为什么只有某个特定的人要忍受病痛的折磨，为什么我们的医疗无法平等地拯救所有人呢？不过，医疗是经过几百年、几千年的发展才达到如今的规模，它是人类智慧的结晶，今后也会继续发展。医疗救治的病人每年都在增加，未来一定是光明的。所以——你的痛苦或许在几年、几十年后能够治愈。虽然我无法跟你保证……但我一定会尽绵薄之力推进医疗的发展，所

以——我希望你能好好活着。我想跟你说的，就是这些。"

"……不懂……我不懂啊，大夫……"

玲衣子还在抽泣，空洞渊用力抱紧他颤抖的肩膀。

希望玲衣子能多些勇气与骄傲——

两人陷入一阵沉默。夜晚的森林里，只回荡着悲悯的呜咽。

"——真是的。空洞渊，你又乱来了。"

耳边响起熟悉的声音。空洞渊惊讶地回过头，只见绮翠站在一边，看来她一直在静观其变。

"……你早就猜到我会这么做了，是吗？"

"你可别小瞧了我。"绮翠嘴角上扬，"你自己可能没察觉到，其实你心里想什么都表现在脸上了。虽然我不知道你要做什么，但早猜到你又会涉险。"

空洞渊苦笑着，真是服了她。绮翠缓缓走近。

"已经没有危险了吧？"

空洞渊平静地告诉她："嗯。这孩子不会跑也不会藏，她正在反省呢。能不能把附在她身上的怪异被除呢？这样一来，事情就全部解决了。"

绮翠望着空洞渊，眼神里有一丝悲伤。

"……就当我求你了，今后不要再涉险。我已经完全信任你了，不会再像上次那样对你有一丁点怀疑。所以……也请你相信我，有什么想做的事好好跟我商量。我是——你的搭档啊。所以，别再……一个人涉险了。"

　　绮翠话语真切，神色里流露着不安。空洞渊也在反省自己轻率的行为。

　　"对不起……我不会再这样做了。"

　　"嗯，我原谅你。"

　　绮翠转眼间露出灿烂的微笑。

　　"但是，我不是说让你照顾穗澄吗？现在既然你人在这儿，那也就是说，答应我的事你没有做到。回家之后我要好好说教你一顿，做好准备吧，你得陪我喝到天亮。"

　　说这话的绮翠似乎有些高兴。说完，她一边念念有词，一边拔出小太刀。

　　刀身在夜晚闪烁着锐利的光芒。

　　绮翠毫不费力地挥舞着小太刀，肉眼看不见的东西摇晃之后直冲天际，然后消失不见了。

　　这应该意味着祓除结束了吧？

　　空洞渊的怀里，瘦弱的玲衣子还在颤着身子呜咽。

　　"大夫……我一直希望有人能代替我……"

　　空洞渊忽然意识到，这孩子在少女与少年的身份之外，更是一名孩童啊。

　　孩子必须有大人守护。

　　空洞渊抚摸着她雪白的头发。

第五章 真相

作为大人的空洞渊能做些什么呢?

他现在还没想到。

不过,他在心里默默发誓:一定要尽自己的全力帮助玲衣子,还有那些生活在某个角落里的、跟他一样为身心不一致而烦恼的人。

此刻,天上的弯月静静守护着空洞渊他们。

后记

后记

空洞渊雾瑚躺在榻榻米上，望着天花板。

天花板上的那块渍像马头星云[1]。

小时候，祖父给空洞渊买过一本星星的图鉴，他被图鉴上那些美丽的照片吸引了。那时的他整日盯着这些照片看，充满对宇宙的向往。

儿时的空洞渊坚信自己长大后会成为一名宇航员，亲眼去看看图鉴上的这些星。

但真的长大之后，自己却继承祖父的衣钵，成了一名汉方专家。而现在别说宇宙了，自己更是被带到了异世界。人生真是变幻莫测。

搞不好阴差阳错，自己今后真有可能去宇宙。

不过空洞渊原本视力就不好，还有晕动病，飞去宇宙的概率几乎为零。

空洞渊想着这些有的没的，借此逃避现实，但最后还是坐了起来。

他还没打扫完药房，再磨蹭下去天都要黑了。

起身后，空洞渊一边清扫房梁上的灰尘，一边回忆过去这一周。

被除"起始吸血鬼"之后已经过了一周。

如今，镇上再没出现过新的感染怪异，这场前所未闻的感染终于

1　猎户座黑暗分子云的一部分，形似马头。——译者注

结束了。

　　人们脸上的不安与恐惧渐渐褪去，镇上今后一定会比现在更加热闹。

　　解决了"吸血鬼"事件的空洞渊这下子彻底成了大名人，反而不好在街上露脸了。看样子没法亲眼去看街上热闹的景象了。

　　那之后——空洞渊一边安抚抽泣不止的玲衣子，一边送她回家。到了六道家，空洞渊向家主禄郎说明了事情的全部。他觉得为了玲衣子，首先得获得她父亲的谅解。

　　毕竟发生了这种事，解释起来有些费劲，不过禄郎暂时接受了事实。虽说要让禄郎完全理解恐怕尚需时日，但至少现在也算迈出了一小步，空洞渊松了一口气。

　　空洞渊想，得让大家知道有些人的身体特征跟心理特征是不一致的。只是这条路道阻且长，如果有金丝雀和绮翠的帮助，也并非不可能实现。

　　真希望任何人都能坦坦荡荡地享受幸福的时光。

　　突然，一阵敲门声打断了空洞渊的思绪。

　　门外应该挂着今日休息的牌子才对……会是谁呢？

　　也许是因为"吸血鬼骚乱"平息，闲来发慌的朱雀院或者释迦堂过来找空洞渊玩了。他心想，来得正好，帮我打扫。

　　开门一看，居然是位个子不高的少年。

　　是患者吗？似乎没见过。

后记

少年齐颈的黑发有些杂乱，五官精致可爱。

"那个……抱歉，今天药房休息，店内还在打扫，有些乱……如果是急诊我可以看。"

空洞渊含糊地说道。

少年突然笑了起来。

"哈哈哈，也难怪你没认出来。是我，我啊。"

这尚未变声的声音，空洞渊似乎在哪里听过。

他歪着脑袋想，到底是谁呢——最后终于想起来了。

"难不成……是玲衣子？"

"回答正确。"

少年笑着比了个胜利的手势。

听到他的回答，空洞渊有些难以置信。

之前那头虚幻的白发如今已长成黑色，幽灵一般煞白的脸上也已经恢复了气色，迸发着旺盛的生命力。

说实话，空洞渊没想通是怎么回事。

"你这反应也正常，毕竟连我自己都不清楚是怎么回事。顺便跟你说一声，我把名字里的'子'去掉了，现在叫玲衣。老爹也同意了。"

之后，玲衣子——玲衣讲起了发生在自己身上的故事。

在那场骚乱之后，他的头发突然变黑了，脸上也恢复了气色。而且即便外出，也不会有之前那样被火烧似的焦灼感了。所以他现在才能出现在这里。

释迦堂解释说，受镇上演出的曲目《白发鬼》的影响，导致"起始吸血鬼"和《白发鬼》连接紧密，在绮翠被除"起始吸血鬼"之后，玲衣身上的白发鬼特征——白头发和煞白的皮肤或许也跟着消失了。

他的解释倒也合理。感染怪异原本就是通过改变现实将人变成非人之物，那反过来说，被除怪异是将非人之物变回人，这何尝不是一种改变现实的做法呢？

在此过程中，发生什么不可能发生的事也正常。

虽然不太能理解，不过空洞渊自打来到幽世，碰上的尽是些不合常理的事，他的感觉已经麻痹到能接受这种事的发生了。

不管怎么说，虽是意料之外，但玲衣身体上的问题也算解决了一部分，可喜可贺。

"我打算出家。在寺庙修行，等到能独当一面的时候就去各地讲经，帮助像我一样苦恼的人。"

见他积极向前，空洞渊感到欣慰。

"我也登门去向被我袭击过的人道歉了。有人温柔地原谅了我，有人一脸厌恶地将我赶了出去……什么人都有。我闷在房间里的时候从未见过……也算长见识了。"

"不论是佛之道，还是人之道，首先要处理的都是与他人的关系。不介意的话，你可以拿我练手。"

"哈哈，大夫算是不擅长跟人相处的那类吧？"

玲衣爽朗地笑着。

这么看来，他就是个随处可见的青春少年，自然而不做作，空洞渊也觉得舒服。

"不过话说回来，你怎么现在想起来打扫？离除夕还远呢。"

"这药房今后就正常营业了。"空洞渊答道，"之前需要做大量的药，没顾得上其他。今后我想为所有患者诊治，所以现在在打扫。"

"哈哈，原来如此。"玲衣抚着下巴，"但你一个人打扫也太辛苦了吧？神社的两位巫女不来帮把手吗？"

"她们俩处理完手头的事就过来帮我。"

"妹妹也来啊。我没见过她，是个怎样的女孩？可爱吗？"

"嗯，可爱，非常可爱。"

"真的吗？我能追求她吗？"

"不行。"

"连想都不想一下就拒绝呀，你这不是保护过头了吗？"

玲衣爽朗地笑起来。虽然是开玩笑，但空洞渊不希望穗澄过早迈入成人的世界，只能狠狠心了。就算别人说他保护过头，他也绝不退让。

"我就不长待了，今天就是来跟你打声招呼。我这就回去，抱歉啊，打扰你扫除了。"

"不打扰。看到你恢复健康我也很开心。"

"大夫，你可是我的大恩人。今后也请多关照啦。"

玲衣的笑容朝气蓬勃。说完，他便离开了。

出家也好，另谋出路也好，玲衣之前受了太多苦，愿他诸事如意，遇难成祥——空洞渊在心中默默祈祷。

玲衣走后不久，穗澄就来了。之后不出所料，朱雀院和释迦堂两人也过来了。看他们似乎很闲，刚好过来帮忙打扫。两人原本一脸不情愿，直到空洞渊告诉他们穗澄待会儿要做一顿大餐，两人便争先恐后来帮忙了。看来穗澄的厨艺在镇上也小有名气。

"哥哥，你在这里已经交到朋友了啊。看你习惯幽世的生活我就放心了！朱雀院哥哥长得虽然吓人，但心地善良，释迦堂哥哥虽然贪财，但其实人很好，你就放心跟他们交朋友吧！"

"喂，小妹妹！我的确属于长得吓人但心地善良的那种，不过这个臭和尚只会贪财，哪里人好了！我真担心像你这么纯真的人以后被坏男人骗！"

"你听听，驱鬼师大人，您这说的哪里话？小巫女大人独具慧眼，看出我是个好人。不过，这么单纯的人确实容易被坏男人钻空子。今后我若是在街上看见有可恶之徒跟小巫女大人搭讪，就好好教训他一顿，以一儆百。"

"你这想法哪有半点好人模样！"

"哈哈，多谢你的好意。"穗澄当他是在开玩笑，爽朗地笑了，

"姐姐和金丝雀也老说我容易被坏人骗。她们还说要是有人敢骗我，绝不原谅。"

"……"

三个男人陷入了沉默。一时间，他们谁也没想起来，这位心地善良的女孩身后，可是有两位战力最强的人保护，根本无须空洞渊他们出手。

这么看来——或许空洞渊也不必瞎操心了。

之后，四人先是打扫药房的外侧。空洞渊想，朱雀院和释迦堂个子高，打扫高的地方比较方便。

两个打杂的人虽不情愿，但冲着穗澄做的饭，也鼓足了干劲。托他们的福，外侧的清扫已经完成了大半，进度比预想的还要快。

最后，就只剩长满爬山虎、字都快看不清的招牌了。

空洞渊踩在两个大男人的肩上，清扫门上的招牌。

"喂，叫空洞什么的！你不能搬个梯子过来吗？！为什么我非得落个跟这臭和尚肩并肩还得载着你的下场啊！"

"哈哈，驱鬼师大人，这话应该我说。难道我愿意跟你这个满身烟味的人肩并肩吗？空洞渊大人，求你快点打扫吧。"

脚底下的两个人好像在争执什么，空洞渊无视他们，专心拔除招牌上的爬山虎。

终于把草都弄干净之后，空洞渊拿出拧紧的抹布擦擦表面的泥污，总算清扫完了。

在向给自己垫脚的两人道谢后，空洞渊抬头看向招牌。招牌的字写得非常漂亮，只是刚才离得太近没有看清，这会儿重新看全后有了惊人的发现。

"怎么会是……"

空洞渊不相信自己的眼睛，下意识说了出来。

"怎么了，空洞什么的，发什么呆啊？"

朱雀院一脸疑惑。他看看擦干净的招牌说："伽蓝堂。这么一弄很像样了嘛。"

没错。

药房的字号是——伽蓝堂。

毫无疑问，这是空洞渊家代代相传的"汉方"字号。

为什么在幽世会有跟自己家字号一样的药房，是哪里出岔子了？

是偶然，还是必然呢？

难道这一切都是银发愚者搞的鬼？

空洞渊感到自己似乎身处巨大的阴谋之中，久久不能平静。

远处的阵阵蝉鸣不知何时停了下来。

*

药房内部还没打扫完，但朱雀院和释迦堂已经肚子饿了。于是穗澄便把他们两人先带回神社。空洞渊本该一同回去，但他无论如何都

后记

想一个人静一静，只好跟穗澄赔了不是，自己留了下来。

空洞渊也不打扫，只是坐在地上思来想去……但实在想不出答案。

伽蓝堂——承袭至今的字号究竟有何意义？机缘巧合，空洞渊又接手了相同字号的药房，今后该如何经营呢？

金丝雀应该知道些什么……但既然拥有千里眼的创世贤者至今为止什么都没说，那就表明空洞渊还不该知道。

那空洞渊今后该以何身份在幽世生活呢？

就在他怎么也想不出答案，即将放弃的时候——

"——抱歉，我来晚了。我听他们说只有你一个人还留在这儿打扫，就赶来帮忙了。"

绮翠气喘吁吁，似乎是跑过来的。她整理好凌乱的领口，调整好呼吸，走进店里。看到跟平时别无二致的绮翠，空洞渊苦笑了一下，好像刚才的烦恼都无所谓了。

"……你这什么表情？我很奇怪吗？"

"怎么会。我只是在想，你果然适合穿巫女服。"

"——是吗？就算你夸我我也不会觉得开心……啊，你要护符吗？"

"……我身上还有，先不用了。"

那张特制护符做起来不是很费力吗？只是听别人夸了自己一句就兴冲冲交出来可不好……绮翠跟穗澄一样纯粹，空洞渊担心她被坏男人骗。空洞渊心想，自己虽然做不了什么，但一定要尽量多关心一下绮翠。

为了方便打扫，绮翠用带子绑起巫女服的袖子，然后将长发高高束起，给人的感觉一下子变了。

"怎么了？我脸上粘了什么东西吗？"

"这样看起来显小。"

"——你的意思是，平时显老吗？"

空洞渊意识到说错了话。绮翠的眼神凶狠得都想杀人了。空洞渊难得慌了起来，他急忙否认道："不是这个意思……你平时给人的感觉很成熟利落，这样把头发绑起来就显得活泼稚嫩。"

"……你喜欢这样吗？"

"喜欢……嗯，就是知道了你不一样的一面，觉得开心。"

绮翠害羞地低下头，然后忸怩地问道："……可爱吗？"

"可爱？嗯，当然，非常可爱。"

"——是吗？那就好。"

绮翠雪白的脸上突然泛起红晕。看到她少女般的模样，空洞渊心里有些乱。

"我还是第一次听你说可爱。"

"是吗？我觉得自己好像说过很多次……"

"……那是对穗澄。"绮翠噘起嘴来，"我确实不如穗澄可爱。不过，你也可以在夸她可爱的时候顺便夸我啊。"

的确，自己虽然经常夸穗澄可爱，但没有这么夸过绮翠。可这并不代表绮翠不可爱。

"比起可爱，你很美。只是我平时没什么机会说而已。"

绮翠惊讶地睁大了眼。

"欸？你觉得我美吗？"

"当然啊。"

"但你从来没说过啊。"

"在我原来的世界里，夸妙龄女孩美丽可是会社死的。"

"现世这么残忍的吗？"

绮翠神情紧张，有些不解。突然，她开心地看着空洞渊说："你变了。"

"我听过好几回了。你也是啊。"

"我也听过好几回了。"

两人先是沉默一阵，然后突然笑了起来。

"我们都变了，今后好好相处吧。有什么在意的地方就跟我说。不是自夸，我其实很迟钝。"

"我知道。"绮翠轻轻歪歪头，笑了。

"我也可能会给你添麻烦。请多关照，空洞渊。"

说着，绮翠伸出手，空洞渊轻轻握住。

一向冷静而漠然的绮翠的手，有一丝温暖。

参考文献

《伤寒杂病论》，张仲景著，小曾户丈夫编，谷口书店出版。

《神道　古神道　大祓祝词全集》，神道·古神道研究会著，弘道出版。

图书在版编目（CIP）数据

幽世的药剂师. 1 /（日）绀野天龙著；陈曦译. ——
北京：国文出版社有限责任公司，2024.7
ISBN 978-7-5125-1631-1

Ⅰ. ①幽… Ⅱ. ①绀… ②陈… Ⅲ. ①长篇小说－日本－现代 Ⅳ. ① I313.45

中国国家版本馆 CIP 数据核字 (2024) 第 097547 号

北京市版权局著作合同登记号：图字 01-2024-3726
KAKURIYO NO YAKUZAISHI 1
Copyright © 2022 Tenryu Konno
Originally published in Japan in 2022 by SHINCHOSHA Publishing Co.,Ltd.
Simplified Chinese translation copyright © 2024 by Power TIME COMPANY
All rights reserved.
No part of this book may be reproduced in any form without the written permission of the publisher.
Simplified Chinese translation rights arranged with Straight Edge Inc.through AMANN CO.,LTD.

幽世的药剂师. 1

作　　者	[日]绀野天龙
译　　者	陈　曦
责任编辑	侯娟雅
策划编辑	傅小童
责任校对	杨一灿
插画绘制	Koyori
封面设计	程　然
出版发行	国文出版社
经　　销	全国新华书店
印　　刷	北京盛通印刷股份有限公司
开　　本	880 毫米 ×1230 毫米　　　32 开
	7 印张　　　　　　　　　　159 千字
版　　次	2024 年 7 月第 1 版
	2024 年 7 月第 1 次印刷
书　　号	ISBN 978-7-5125-1631-1
定　　价	48.00 元

国文出版社
北京市朝阳区东土城路乙 9 号　　邮编：100013
总编室：（010）64270995　　传真：（010）64270995
销售热线：（010）64271187
传真：（010）64271187-800
E-mail：icpc@95777.sina.net